「空気」と「世間」

鴻上尚史

講談社現代新書

2006

はじめに

直接、面と向かって「空気を読め」と言われた人は少ないかもしれません。けれど、

「空気を読もう」と思って、慎重になり、怯《おび》え、焦《あせ》った人は多いと思います。

「どうやったら空気を読めるようになるか」を書いた本はたくさんあります。

けれど、「空気」とは何か、という正体を突き止めようとした本はそんなにありません。

それはまるで、痛みの原因が分からないまま、包帯を巻いたり、痛み止めを飲んだりする対症療法《たいしょうりょうほう》だけを追求し続けることと同じだと思います。残念ながらそれでは、根本的な治療にはならないのです。痛みの原因は骨折なのか病気なのか、病気ならばどこの部位がどう悪いのか。

それを知らないで、ただ、痛みの和《やわ》らげ方だけを習得しても意味はないのです。

「空気」もまた、その正体を知らないまま、「読み方」だけを習得しようとしても意味はないと思うのです。

ここ数年、すっかり「空気を読め」という言い方が定着しました。

飲み会の席などで、誰かが「空気を読め」と言うのを聞くたびに、僕は、「誰が空気を作っているのだろう」「その空気の正体は何だろう」「どうしてここ数年、この言い方が増えてきたのだろう」と考えてきました。

「空気を読む」ことは、とても難しいことです。

だって、「空気」は目に見えないし、そもそも私たちは「空気」の中にいるのです。

それはまるで、自分が出演している映画に、自分で点数をつけるようなものです。客観的に評価できる人はなかなかいないでしょう。映画は普通、自分は出演してないものです。だから、内容を冷静に判断できるのです。自分が出演した映画を、俳優さんは、よく、「自分じゃあ、面白いのかつまらないのか、分からないんだよね。自分の演技ばっかり気になって」と言います。

「空気を読め」というのは、自分がまさに出演しながら、その瞬間に、自分が何をすればいいのか、何が間違っているのかを的確に判断しろということなのです。

それが、いかに難しいことなのか、ちょっと考えただけでも分かると思います。

そして、やっかいなことに、「空気を読め」と発言する人は、「空気」の正体を説明してくれません。「そんなこと、言わなくても分かれよ」と突き放すか、「言葉で、いちいち説明できないものなんだよ」と不可能を強調するのです。

そんな不安定なものが、時として、圧倒的な力を持つのです。それはとても不思議なことです。

いえ、ひょっとしたら、「空気」は、その正体がよく分からないから圧倒的な力を持つのかもしれません。

幽霊は、それが何か分からないから怖いのと同じです。

けれど、訳の分からないものに振り回され、焦《あせ》り、怯《おび》えるのは、勘弁《かんべん》してもらいたいと僕は思います。

「空気」について考え続けているうちに、僕は「世間《せけん》」との関係に出会いました。

「空気」の正体と密接に関係があると考えるようになったのです。

この本は、「空気」と「世間」の正体をなんとか突き止め、「空気」と「世間」に振り回されない方法を探るための本です。

相手の正体が分かれば、過剰《かじょう》に怯えることもなくなるし、簡単に負けることもなくなります。

ここ数年、「空気」はやたら乱発されるようになり、「世間」は逆襲を始めていると僕は感じています。それは、世界的不況とも無関係ではないのです。

簡潔に言えば、僕は、「空気」とは「世間」が流動化《りゅうどうか》したものと考えています。

それはどういうことで、それが分かったらどうすればいいのか。

それをこの本に書きました。

あなたが「世間」や「空気」をうっとうしいと思い、息が詰まるようだと感じ、時には、恐ろしいとさえ思うのなら、その重苦しさを取り払う方法は、ここにあります。

鴻上尚史

2009年5月

目次

第1章 「空気を読め！」はなぜ無敵か？

お笑い番組の「空気」

テレビのお笑い番組を見ていると、お笑い芸人さんが「空気を読め！」と叫ぶ場面に出会います。たいていは、中堅《ちゅうけん》の芸人さんが、若手の芸人に突っ込む場面です。

その番組は、多くの場合、大物の芸人さんが司会をつとめています。具体的に言えば、ビートたけしさん、明石家さんまさん、ダウンタウンさんたちです。

中堅の芸人さんではなく、時には、彼ら大物の芸人さんが自ら「空気を読め！」と突っ込むこともあります。

それぞれの番組は、誰が一番偉《えら》いか、つまりは、誰が番組を仕切っているのか、明快な構造になっています。それぞれの司会者、さんまさんをはじめ、ダウンタウンさんでも爆笑問題さんでもナインティナインさんでも、その番組に出た人たちは、その司会者が求める笑い、求める情報、求めるテンポを考えます。

バラエティー（お笑い）番組が世界一派手な（うるさい・過剰《かじょう》な）日本のテレビで、司会をつとめられるということは、その司会者が、際立つ個性と技術を持っているということです。ただ、仕切りをするだけのアナウンサーでは、他の番組と差別化された目立つ番組にはならないでしょう。

つまり、そういう番組の司会者は、何を求め、何を笑い、何を嫌《きら》っているか明確だということです。個性と指向がはっきりしているのです。

当然、それぞれの番組に出る出演者は、その司会者が求めていること、喜ぶことを話そうとします。極端な話、ダウンタウンさんの番組に出て、たけしさんの映画がどれほど素晴らしいかを語る人はいないでしょう。さんまさんの番組に出て、爆笑問題の笑いのセンスをほめちぎる人もいないでしょう。

デビューしたての若手の芸人も、中堅として活躍している芸人さんも、それぞれの司会者が何を求めているのか、その番組はどんな「空気」なのかを必死で探ります。

そして、「空気」を読むことが上手な人は、複数の違う大物司会者の番組に出られるようになるのです。

それぞれの司会者で違っている笑いのセンスを敏感《びんかん》に感じ、それぞれの違う笑いや情報を提供できる人たちです。

若手より、中堅の芸人さんが多いです。そして、そういう中堅の芸人さんが、番組に慣れていない若手に向かって「空気を読め！」と叫ぶのです。

つまり、番組の「空気」とは、司会者である大物芸人が作り、決定するものなのです。

逆に言えば、一人の大物芸人がいるからこそ、番組の「空気」は作られるのです。

「空気を読め！」と突っ込まれて、若手芸人があたふたするシーンを見て、視聴者はたいてい、笑います。僕も、たぶんあなたも、思わず「分かってないなあ」とつぶやいたりします。

それは、番組の中で、司会者である例えばさんまさんが何を求めているか、何を面白いと思っているか、テレビを見ていればなんとなく分かるからです。

もちろん、分かることと、自分が若手芸人に代わって適切な言葉を言えることとは、まったく違います。

けれど、少なくとも、タモリさんとダウンタウンさんの求めているものや好みの違いは分かります。その差を理解しないで、オロオロする若手を笑ったりするのです。

「空気」が混乱する時

大物司会者の能力とは、番組の全体を把握《はあく》し、番組の進む方向を見極め、時間通りに進行させせることです。つまりは、番組の「空気」を決め、維持《いじ》し、安定させることなのです。

有能な司会者がいなければ、番組は一瞬たりとも安定しないまま、いろんな方向にふらふらとさまよい、迷走するでしょう。

もし、若手芸人だけで司会者がいない番組があったとしたら（そんな番組はテレビ関係者は絶対に作りませんが）、誰が誰に向かって、「空気を読め！」と叫べるでしょうか。ものすごく売れている突出した芸人がいるわけでもなく、大物の芸人に可愛がられている特別な芸人がいるわけでもなく、平均的な若手しか出ていない番組があったとしたら、そして司会もまた、平均的な若手芸人がとりあえずつとめているとしたら、その番組はかなり混乱するはずです。

とりあえず、局のアナウンサーがいて、「この番組は、最も面白い若手芸人を決定する番組です」とでも言って、番組の狙いと方向を決定すれば、一応の「空気」ができるかもしれません。けれど、それでもその「空気」が固定するまで、かなり時間がかかると思います。

平均的な若手芸人たちの中に序列ができ、誰が面白くて誰が面白くないか、誰がそれなりに売れていて、誰がそんなに売れてないかという力関係がはっきりするまでは、番組に一定の「空気」ができることはないでしょう。まして、それが安定した「空気」となるためには、かなりの時間がかかるはずです。収録時間が数時間の番組なら、そんな「空気」ができないまま、番組が終わってしまうことも特別なことではないでしょう（もっとも、全員が同じ事務所、例えば、「吉本興業」所属の若手芸人、という場合は一定の「空気」はすぐにできて、番組は成立します。司会が大物でなくても、デビュー年数という序列、年齢というそれに準ずる序列があるからです。このことは、後述する「世間」の特徴です）。

逆のパターンで、大物芸人さんが複数いる番組も、「空気」が決まるのは難しいと言えるでしょう。何かの特番で、たけしさんと爆笑問題さんが同時に司会をしている番組があるとすると（もちろん、こんな番組も存在しないでしょう。あるとしたら、もう一人、お笑いでない大物アナウンサーが総合司会をする、というパターンでしょうか）、その番組に出演した中堅芸人さんも若手芸人さんも、かなり戸惑うでしょう。

間違いなく、番組の「空気」は混乱するはずです。それは、誰がこの番組を仕切っているのか明確ではないからです。

目の前にたけしさんと爆笑問題さんがいて、誰かの発言に、「空気を読め！」と簡単に突っ込める人はなかなかいないでしょう。

まず、大物二人が、お互いの力関係を決める（どちらかが相手を圧倒するとか、どちらかが大人の判断で譲《ゆず》るとか、司会とゲストに立場を分けるとか、完全に二派に分裂するとか）まで、いったい何を言えばいいのか、何が面白いのか決まらないと思います。と、テレビ番組のことを書いてきたのは、別に芸人さんの力関係を分析することが目的ではありません。

多くの若者は、いえ、平均的な日本人は、テレビ番組を見て、「空気を読め！」という言い方を覚えてきたと思います。そういう言い方があること、そういう言い方で笑いまで取れること、そういう言い方でトンチンカンなことを言っている人間を黙らせることができること、そういう言い方で複雑なことを一気に片づけられること。

あなたは「空気を読め！」と言われたことがありますか。または、「空気を読め！」と言われないように、気を配り、神経を使いながら話したことはありますか。

まるで、テレビのバラエティー番組のように、「空気を読め！」と突っ込まれないように、慎重に慎重に、周りを見ながら発言した記憶は、日本人のかなりの人が持っていると思います。

その時、思い出してもらいたいのですが、その場には、大物芸人にあたる司会者はいたでしょうか？　その場の「空気」を決める、圧倒的に力を持っている司会者はいたでしょうか？

ひょっとしたら、大物司会者はいないのに、一生懸命、その場の「空気」を読もうと思っていたんじゃないですか？

「順番に来るいじめ」と「空気」

小学校高学年から中学校で広く行われている「順番に来るいじめ」は、大物司会者がいないのに、みんな必死で「空気」を読もうとするから生まれるのじゃないかと、僕は思っています。

「順番に来るいじめ」とは、特別な理由もないのに、いじめられる人間が順番に替《か》わっていくいじめのことです。替わる理由は、ささいなことで、いじめられている当人もいじめているクラスの人間にも、それが本当にいじめに値する理由なのかどうか分かっていません。はっきりしていることは、ある日、突然、いじめの順番が自分に回ってくることです。

それは、クラスに特定のボスがいて、そのボスがいじめる人間を指名するという古典的で理由が明確ないじめと正反対のものです。誰もが、順番が突然来ることに怯《おび》え、順番が来ないように祈っているいじめです。

特定のボスがいなくて、ただ平均的な人間が集められているクラスは、大物司会者がいないまま、若手芸人だけが30人以上出演しているテレビ番組と同じです。なおかつ、全員が同期で、先輩も後輩もないという関係です。

もちろん、その番組には司会のテレビ局のアナウンサーはいません。クラスメイトが、全員、芸人さんだとすれば、アナウンサーのような異質な存在は、通常はいないからです。その番組には、つまり、そのクラスには、クラスを仕切れるような特別な存在はない、ということなのです。

当然、そこには、混乱しかありません。

けれど、人間が集まっている以上、そこには、なんらかの「空気」らしきものが生まれます。もっと分かりやすくムードと言ってもいいです。なんとなく元気になったり、落ち込んだり、騒々しくなったり、静かになったりするムードが出現するのです。

けれど、番組・クラスの方向性も決まっていなければ、大物司会者もいないので、そのムードはくるくると変わります。誰かの発言で「空気」は決まるように見えて、すぐ次の誰かの発言で「空気」は変わります。

つまりは、読む対象の「空気」が、読むだけの内容と持続がないまま、次々と変わり続けるのです。

そんな時に、「空気を読め！」と言えるはずがないのです。いえ、そもそも、そんな不安定な「空気」を読むこと自体が不毛《ふもう》なことだと言えるのです。だって、読んだ次の瞬間に変わる可能性が高い「空気」なのです。「空気を読め！」と発言した瞬間に、その言葉によって「空気」が変わる可能性だってあるのです。

それはまるで、しゃぼん玉ひとつひとつの漂《ただよ》う方向を調べ、予測するようなものです。移動距離を調べようと定規《じょうぎ》を近づけた途端、しゃぼん玉は、定規と手が起こす微妙な風を受けて、ふわりと方向を変えるのです。

混乱する「空気」は読めない

あなたは、現実の生活の中で、大物司会者がいないのに、必死で「空気」を読もうと怯えていたことはないですか？

それは、例えば、小学校から大学までのクラスの人間関係です。例えば、公園に集まるママたちの人間関係です。例えば、団地やマンションの会合に集《つど》う人間関係です。同僚だけの飲み会の時もあるでしょう。

そんな場で、「空気」を読もうとすること自体、不毛なことなのです。まず読まないといけないのは、「空気」ではなく、この場には、大物司会者がいるのかいないのか、ということなのです。

そして、そんな存在がいなければ、そこには、安定的で持続した「空気」が生まれる可能性はとても低いということが分かるはずです。生まれるのは不安定でくるくると変わり、方向性もない混乱する「空気」だけです。

それを、力のある「空気」だと怯えてしまうと、問題はとてもやっかいなことになります。

正体不明の幽霊として、その「空気」は、実力もないのに、あなたを圧倒することになるのです。

安定せず持続もしないからこそ、その「空気」の正体は謎だと勝手に受け取られ、結果的に力を持つのです。

不安定なその「空気」は、ひょっとしたら、無視しておけば、自然に消えていく「空気」かもしれないのです。そして、そういう「空気」は論理で「水を差す」ことで消える可能性がとても高いのです（これを「裸の王様作戦」と名付けて、第4章で後述します）。

空気を決める「司会者」

では、その場に、大物司会者がいた場合は、どうでしょう。

団地のボス、公園のボスのような母親、クラスのボス、PTAのボス、地域のボス。職場で言えば、もちろん、上司。その場の「空気」を決める人がいる場合です。

もちろん、この場合は、その司会者を中心にして「空気」は決まります。

それでも、僕はあなたに質問します。

その人物は、たけしさんやダウンタウンさんに匹敵《ひってき》するほどの有能な大物司会者なのか、ということです。

あなたは、実力がないのに、強引に司会を任された人の番組を見たことはないですか。一応、司会の場所に立ってはいるけれど、とりあえず、番組の狙いと方向は最初に言うのだけれど、さまざまな芸人さんが発言を続けるうちに、収拾がつかなくなってとっちらかって、いったい、どこに進もうと思っているのか、何を面白いと思っているのか、まったく分からなくなってしまった番組です。

僕は一度、出川哲朗さんが司会のローカル番組を見て、言葉を失ったことがありました。

もちろん、テレビ番組を作っている人たちはプロ中のプロですから、そんな状態はめったに視聴者には見せません。

収録がそういう状態になっていても、ディレクターは編集で、〝ちゃんとした番組〟のように見せます。混乱した発言はカットして、とりあえず、安定した「空気」が流れているように見せるのです。

オンエアされた番組を見て、そんなに問題がないなと思っているのに、次の週に、いきなり、司会者が一人増えていたり、司会者そのものが替わっている場合は、現場が混乱していた証拠です。

司会がそんなに難しいのかと、あなたは思うでしょうか？

あらかじめ根回しがすんでいて、関係各位が納得している会議の場合は、そんなに難しくないでしょう。すでに資料が参加者に渡されて、落とし所が見えている会議も、比較的簡単かもしれません。

けれど、どんな結論になるのか、予想もつかない会議の司会はどうですか？　議論する手順は見えていても、この企画は拒否されるのか、採用されるのか、もっといい企画があるのか、何もあらかじめ決まっていない会議の司会です。

もちろん、どんなバラエティー番組にも台本はあります。が、そこに書かれている通りのことしか発言しなかった場合は、とてもつまらない番組になるのです。

落とし所の見えない会議や、何が出てくるか分からない番組とは、日常の会話そのものと言えます。あらかじめ決められたことを確認すればいいだけの、出席することに意義のある会議ではなく、時として予想のつかないことが出てくる会議をちゃんと仕切れるということは、台本のない日常も仕切れるということです。

だからこそ、視聴者はバラエティー番組の「空気」を自分たちの日常と同じレベルで考えるのです。

そして、有能な司会者がいかに重要かを知るのです。

ここでまた、僕の疑問に戻ります。

あなたが、「空気」を読もうと必死になっていた時、その場を仕切っていたのは、安定した「空気」を作れる大物司会者でしたか？　つまり、その人は、集団のボスであり、同時に有能な司会者でしたか？

それとも、不安定な「空気」しか作れない、誰かの発言で番組の主導権を失ってしまう、とりあえずの司会者でしたか？

その司会者は、とりあえず、その番組の目的を語っていましたか？　途中までは、「空気」を作ることに成功していましたか？　その司会者では未熟なので、いつのまにか、他の人が実質的な司会者になって、別な「空気」を作り出していましたか？

とりあえずの司会者がいて、とても不安定な「空気」でも、あなたは必死で読もうとしてはいませんでしたか？
あなたは「空気」が生まれるメカニズムを意識しないまま、ただ「空気」に怯えてはいませんでしたか？

日常というテレビ番組

居酒屋で、大学生のグループと遭遇《そうぐう》したことがあります。4月でしたから、クラスの親睦《しんぼく》の飲み会だったのでしょう。

順番に自己紹介をしている時、一人がわりとくだらないダジャレを飛ばしました。冷めた笑いと沈黙の後、別の誰かがフォローの意味で、違うダジャレを言いました。沈黙はさらに深くなったようです。

すると、また別の一人が、「お願いだから、空気読んで！」とおどけて叫びました。少し笑いが起きましたが、笑いが終わった後は、かえって場は緊張しているようでした。

ほとんど初対面で、お互いがどんな人間かも分からず、自分がどんなことを言えば適切なのか明確でない場所で、「空気を読め」と要求することは、はっきり言って無茶だと、僕は思っています。

その瞬間は、反射的に笑いが起きますが、その後には、「そうか、空気を読まないといけないんだ。しかし、どんな空気なんだ？」という緊張だけが増すでしょう。

もちろん、もし、これがテレビ番組だとしたら、「適度な笑いを交えながら、さくさくと自己紹介を進める」というコーナーです。けれど、与えられた例えば1分間という時間で、そんなことが完璧にできるのなら、日本人はとっくに、世界の舞台でアメリカ人と互角にトークで勝負しています。

そして、そんなことがなかなかうまくできないから、お笑い芸人はお笑い芸人としての存在意義があるのです。みんながトークの達人なら、テレビでトークの達人を見る必要はないのです。日本人男性全員がイケメンなら、テレビでイケメンの男性を見る必要はないのと同じです。日本人女性全員がナイスバディーの巨乳なら、グラビアアイドルという分類自体が生まれないのです。

ちなみに、欧米では鼻が高い、というのは、美人やハンサムの基準でもなんでもありません。みんな、鼻が高いからです。かえって、鼻がでかい、魔女みたい、という言い方でマイナスになったりします。日本人の美容整形に、鼻筋の通った高い鼻にするというのがあると知ったら、欧米人はかなり驚くでしょう。もちろん、欧米では、鼻を低くする整形手術だけはあります。

というような余計な話はさておいて、自己紹介でギャグがすべったり、沈黙したり、口ごものは、普通にあることです。テレビでも、じつは普通にあります。ただ、それを「編集」という技術で適切な「自己紹介」に変えているのです。

そのテンポと簡潔さを日常の中に持ち込もうとするのは、気持ちは分かりますが、無茶というものです。

「『空気を読む時代』を考える」という、作家の藤原智美さんのインタビューを元にした記事がありました（「愛媛新聞」2009年1月3日）。

藤原さんは「現代の日本人はテレビでキャラの演じ方を学習し、日常生活では場面に応じて、キャラを選んで演じている」と話す。つまり「空気を読む」とは〝日常というテレビ番組〟に出演するようなものだという。

この傾向はさらに強まると藤原さんは予測している。「空気を読む」技術を鍛えられている子供たちが大人になるからだ。学校、塾、スイミングスクールで、担任教師、塾の先生、コーチがつくる場の空気を読み取る。その連続のなかにある子供たちの日常。

〝日常というテレビ番組〟という表現は秀逸《しゅういつ》だと思います。

若くなればなるほど、人間関係の作り方の基本形をテレビから学習している、ということでしょう。そして、その学んだ方法を、そのまま、日常に持ち込もうとしている、ということなのです。

が、テレビにたまに出る立場から言うと、テレビの10秒は、日常の3分に匹敵《ひってき》します。テレビで10秒しゃべるというのは、日常で3分間、いろいろと話すぐらいの時間感覚なのです。テレビの1分は、日常の20分ほどでしょうか。

たまに、えんえんと話し過ぎて、司会者が困ったまま、ぶつ切れで生放送の番組が終わる瞬間を目にします。時間を考えないで話すのは、短く簡潔にまとめることに慣れていない、大学教授だったり作家だったりします。

テレビの中では、時間が凝縮《ぎょうしゅく》されているのです。それは、生放送以外では、「編集」によって不純物が取り除かれ（生放送の場合は、熟練の話し手によってあらかじめ洗練されて）、極めて明確な時間が番組に流れているからです。

だからこそ、視聴者は、「空気」を読み違える若手芸人を自信を持って（？）笑うことができるのです。現場では、もう少し、「空気」はノイズにまみれて不鮮明です。が、実力のある司会者と達者な芸人は、その雑物《ざつぶつ》の中から、ちゃんと「空気」を見つけ出し、感じることができるのです。

そして、「編集」の結果、とても分かりやすい「空気」が流れることになります。視聴者は、その分かりやすい「空気」を読めない若手芸人を安心して笑えるのです。

なので、〝日常というテレビ番組〟を生きようとすれば、ますます「空気が読めない」人を続出させることになるでしょう。編集されてないノイズにまみれた日常の中から、的確に「空気」を読み取るのはとても難しいからです。

司会者がいない場の空気に怯えるな

じつは、大学生の自己紹介の例では、沈黙や口ごもり、ギャグのすべりがあった方が、後に続く人たちは、ホッとしたかもしれません。自分がしゃべる時のハードルが低くなるからです。けれど、それは、テレビ番組でも〝日常というテレビ番組〟でも許されないことでしょう。

ただし、「適度な笑いを交えながら、さくさくと自己紹介を進める」というコーナーだとしても、大物司会者が求める志向は、まったく違う場合もあるのです。

若い人は知らないかもしれませんが、一世を風靡《ふうび》した萩本欽一さん（きんちゃん）の好んだ「空気」は、素人が口ごもり、戸惑い、パニックになるものでした。

番組では、「空気を読まない」人が愛されたのです。

そこまで極端でなくても、大物司会者によって、好まれる自己紹介の時間の長さはかなり違うはずです。

さんまさんが司会なら、それぞれの参加者は、長い自己紹介は求められないでしょう。爆笑問題さんはさんまさんよりは聞くでしょう。その自己紹介の場に、そんな司会者がいるのか、まったくいないのか、それが分からない段階で、やはり、「空気」は読めないのです。

まさに、平均的若手芸人が十数人いる番組で、いきなり、「空気を読め！」と叫んだようなものなのです。

うまくしゃべれない人を前に、多くの人が苛立《いらだ》っているのか、同情しているのか、ホッとしているのか、じつは4月の居酒屋の段階では、大物司会者がいるかどうかも含めて、なにも分かっていなかったのです。そして、そのレベルで「空気を読め！」という言葉を叫ぶことが、どんなに無茶なことか、誰も気づいてなかったのです。

『空気を読む力』（アスキー新書）という本で、放送作家の田中大祐さんは、「大勢の人間が集まるトーク番組の場において、読むべき空気というのは、そもそもどのように発生するのでしょうか？／空気を作るのは、出演者の『立ち位置』と『キャラクター』です」と書いています。

放送作家ならではの、実践的なアドバイスだと思います。キャラクターだけでは不十分で、さらに立ち位置も考えることが必要だというわけです。

けれど、それは、司会者（業界用語では、ＭＣ）が明快な場合に有効なアドバイスだろうと僕は思います。

司会者が大物ではなくても、中堅でも、とりあえずちゃんと仕切れる人、またはアナウンサーのように異業種の人で司会の立場を通せる人がいる場合のことです。

けれど、現実の生活には、そんな明快な司会者がいないことが多いのです。

それでもみんな、「空気」を読もうとします。

大切なことは、有能な司会者がいない場にできた「空気」に、過剰に怯える必要はない、ということなのです。

これが、まず最初にはっきりさせたい「空気」の特徴です。

人は正体の分からないものに怯える

「空気」の正体が分からないと、「空気を読め」という言葉は無敵にもなります。

あなたの想像力は徹底的にあなたを苦しめます。

それは、他人の想像力よりも徹底的です。あなたは自分自身がどういうことに悩み、傷つき、苦しんでいるかを知っています。人間関係に自信がないのか、ユーモアがないと思っているのか、気の利《き》いたセリフが言えないと悩んでいるのか、誰からも好かれてないと思っているのか。

あなたが深く悩んでいることは、じつは、あなた自身しか知りません。

ある日、あなたは集団の中にいる時、「空気を読め」と言われたとします。あなたは、何が悪かったのか、何が間違っているのか、具体的には分かりません。

もちろん、説明もされません。ただ、あなたはなにか、まずいことをした・言った、ということだけははっきりしています。

そういう時、あなたは自分自身の想像力で、その「空気」の内容を決めます。あなたしか知らないあなたの悩みを、「空気」に当てはめるのです。

誰にも言ってないけれど、人間関係が苦手だと思っていた人は、「空気を読め」と言われて、「ああ、やっぱり私は人間関係がダメだ」とこっそり解釈して、深く傷つくのです。

いつも気の利いたセリフが言えず、浮いていると思っている人は、「空気を読め」と言われて、「ああ、やっぱり私は面白いことが言えない。つまらない人間なんだ」と思って、落ち込むのです。

これが、あなたの想像力があなた自身を苦しめるという意味です。

あなたを苦しめる言葉は、あなたが一番知っているのです。

他人が、あなたの悩みを的確に射抜くことは、それに比べるとはるかに少ないのです。それは、山田さんに面と向かって言われる悪口より、「山田さんが、あなたの悪口を言っていたよ」と他人から聞く方がインパクトが強いという例が教えてくれます。

面と向かって言われる悪口は、けっこう、的外れなことが多いです。ただ、相手が悪口を言っているという〝事実〟に傷つきます。こっそり人間関係に悩んでいる人に、「バカ」だの「アホ」だの「ケチ」だの「自信過剰」だのの悪口を投げかけても、悪口を言っている事実に傷ついても、内容に傷つくことはありません。

けれど、「山田さんが、あなたの悪口を言っていたよ」という言葉は、あなたの想像力を刺激します。そして、人間関係に悩んでいる人は、勝手に、「『私は誰からも好かれてない』と言っていたんだ」とか「『私の味方なんて誰もいない』って言っていたんだ」などと、自分を一番痛めつける言葉を想像して、深く傷つくのです。

あなたが、誰かから「空気を読めよ」と言われた時もまた、まったく同じことが起こるのです。あなたは、「空気」の内容を、誰よりも深読みして的確に悩んでしまうのです。「空気」の正体が分からないからこそ、そこに自分の想像力を働かせてしまうのです。

正体が分からないままだと、実体がないと説明されても、不安定で、ムードとしか言いようのない、くるくると変わる「空気」を、安定して持続したものであるかのように誤解して、従おうとしがちです。

有能な司会者がいないのに、とりあえずの「空気」が生まれ、つい、それに振り回されてしまうのです。

いったい、この「空気」とはなんなんでしょう？

僕は、「空気」とは、「世間」が流動化したものと考えていると書きました。

「世間」とは、あの「世間体《せけんてい》が悪い」とか「世間を騒がせた」とかの「世間」です。

その「世間」が、カジュアル化し、簡単に出現するようになったのが、「空気」だと思っているのです。

けれど、「世間」と「空気」を共に内側から支え、構成しているルールは同じだと考えています。

いきなり、それはどういうことかという結論を書く前に、まずは、「世間」からアプローチしようと思います。

「世間」とは何か？　それを明確にすることが、「空気」の正体を明確にする道でもあると思っているからです。

第2章　世間とは何か

日本人とマナー

僕はNHKのBSで『COOL JAPAN』というテレビ番組の司会をしています。日本に来て時間のたっていない一般外国人をゲストに、日本のさまざまなものをCOOL（かっこいい）か、かっこよくないか、あれこれと話すNHKらしいバラエティー番組です。

日本に来て、まだ1ヵ月たっていないというフランス人の出演者が、番組が始まる前に、興奮した顔で僕に話しかけてきました。

「先週、電車の中にバッグを忘れたんです。もう、悲しくて、その話を日本人の友人にしたら、すぐにJRに電話すると言うんです。そんなバカなと思ったら、僕のバッグは、置き忘れた網棚の場所に、そのままあったんです！」

彼は、目を大きく見開き、信じられないという顔をしました。

「フランスなら、間違いなくバッグはなくなっています。いえ、ヨーロッパなら、どこでもそうでしょう。持ち主が近くにいないと分かると、すぐに誰かが盗んでいくんです。日本人はなんてマナーがいいんでしょう！　これは奇跡です！」

興奮した早口の英語を聞きながら（番組の共通言語は英語ですから）、僕はずっと微笑《ほほえ》んでいました。日本人として、日本をほめられるのは、何にしても嬉《うれ》しいものです。

電車は東京の山手線のようでした。ぐるぐると回り、大勢の乗客が乗り降りしている電車に、そのままバッグが残っていたことに、彼は本当に衝撃を受けたようでした。

が、２週間後、次の収録の時、彼は困惑した顔で僕の前に現れました。

「今日、電車に乗っていたら、杖《つえ》をついたお年寄りが乗ってきたんです。彼女は、プライオリティーシート（優先席）の前に立ったんだけど、座っている日本人は誰も彼女と席を替わろうとしないんです。みんな、下を向いたり、平気な顔で携帯電話をいじりながら座ってるんです。フランスなら、いや、ヨーロッパならどの国でも、すぐに誰かが立って彼女を座らせてあげますよ。杖をついているお年寄りを立たせるなんて信じられない！

昨日はね、階段を女性が乳母車を抱えて降りてたんです。でも、誰も手を貸さないんですよ。彼女は必死に、赤ん坊が乗った乳母車を一人で下ろしてるんです。いったい、この国のマナーはどうなっているんですか⁉」

彼は、本当に理解できないという顔をしました。2週間前、この国のマナーを絶賛しただけに、本当に戸惑っているようでした。

日本人だって席は譲《ゆず》るよ、とあなたは思うでしょうか？

欧米に旅行したり、住んだりした人は、欧米の人たちが、素早く席を譲ったり、乳母車の手助けを自然にすることに驚いた経験が一度や二度はあると思います。

イギリスの地下鉄に乗っている時、モヒカンヘアーのパンクファッションの若者が、老人にサラリと席を譲った風景は衝撃でした。

思わず、「お前の反体制のポリシーはどうなるんだ？」と、耳にじゃらりとピアスを並べ、鋲《びょう》が打たれた革ジャンを着ている若者に聞きたくなりました。

そんなパンク野郎が、照れるわけでもなく、ふてくされるわけでもなく、じつに自然に席を立つのです。それは、不思議な光景でした。

それ以来、僕は、日本と海外の席を譲る割合のようなものに妙に敏感になりました。

欧米の平均は、80％を超えていると思います。目の前に老人が立てば、8割以上の確率で、欧米人は席を譲ります。

日本は、5割を切っていると思います。老人が目の前に立っていても、半分以上の場合、日本人は席を譲りません。

まして、階段を一人で乳母車を抱えて降りていく母親に「持ちましょうか？」と声をかけて助ける日本人の割合は、1割以下だと思います。欧米だと、これも8割以上の人が、自然に手を貸します。

と書きながら、僕たちは、マナーの悪い国に住んでいるのでしょうか？

そんなことはないと思います。現に、フランス人の彼は、2週間前は絶賛していたのです。

そうです。彼の話に戻ります。彼は、困惑していたのです。

「日本人はマナーがいいのか悪いのか、さっぱり分かりません！」

あなたなら、なんと答えますか？

そもそも『COOL JAPAN』という番組は、こういう日本人と外国人の意識の違いを見つけ、考え、楽しむ内容なのです。

僕は、しばらく考えました。

そして、じつは、網棚に残ったバッグも、席を譲らない日本人も、同じ理由から生まれているんじゃないかと、結論したのです。

日本人は同じ理由から、正反対のマナーだと思われる行動を取っているんじゃないか。

それは、以下のようなエピソードに思い当たったからです。

席取りするおばさんの「世間」と「社会」

電車で、たまにおばさんたちの団体さんに遭遇《そうぐう》します。おばさんのうち、すごく元気な人が、まず車内に飛び込み、座席を人数分、確保します。そして、後からやってくる人に「ほら、ここ！　取ったわよ！」と叫びます。

席を取ったおばさんは、他の乗客が席の近くに来ても、当然のように無視して、自分の仲間を待ちます。仲間が遅れていて、他の人たちが戸惑った顔や、ちょっと怒った顔で空いている席を見ていても、そんな視線をまったく気にしないかのように、自分が取った席は、自分の仲間たちの席だと確信しているのです。

席を取ったおばさんにとって、席のそばに立っている学生だったり、親子連れだったりする人たちは、存在しないのでしょう。存在しているのは、自分の仲間たちだけです。

そういう時、なかなかやって来ない仲間のためにぽつんと空いた席の前に僕は立ちながら、けれど、同じ日本人だからこそおばさんの心情がよく分かります。

おばさんは、決して、マナーが悪いのではないのです。それどころか、仲間思いのとても親切な人のはずです。困っている仲間がいれば、きっと、親身になって相談に応じたりしているのでしょう。

おばさんは、自分に関係のある世界と関係のない世界を、きっぱりと分けているだけです。それも、たぶん、無意識に。

電車でのことをずっと考えていて、このおばさんの例を思い出しました。

おばさんは、自分に関係のある世界では、親切でおせっかいな人のはずです。そして、自分とは関係のない世界に対しては、存在していないかのように関心がないのです。

この、自分に関係のある世界のことを、「世間」と呼ぶのだと思います。

そして、自分に関係のない世界のことを、「社会」と呼ぶのです。

おばさんは、「世間」に関心があっても、「社会」には関心がないのです。そして、自分の「世間」に属している人のためには必死で走り、電車の席を確保するのです。

でも、「社会」に属する人たちには、おばさんは、必死になにかをする必要は感じないのです。「すみませんね。ここは、あたしたちの席なんです」と微笑みながら断る人もいれば、まったく関心がないように無表情のまま無視する人もいます。

そう考えれば、網棚に残されたバッグと、優先席で席を立たない日本人は、同じ原理＝ルールで動いているということが分かります。

ほとんどの日本人にとって、網棚に残されたバッグは、自分とは関係のない世界＝「社会」なのです。

同じく、目の前に立っている杖をついた老女もまた、関係のない世界＝「社会」なのです。

関係のない世界だから、存在しないと思って無視したのです。それが、網棚のバッグなら、「盗みのない奇跡のモラル」になり、優先席の場合なら、「足の悪い人を立たせている最悪のマナー」になるのです。

これは、いきなりの結論ですから、もちろん、今から「世間」と「社会」について、詳《くわ》しく書いていきます。

ただ、今、思っているのは、「世間」と「社会」という視点で見ていけば、この国のかたちは、ずいぶん分かりやすくなるんじゃないかということです。

そして、「空気」の正体も、明確になると思っているのです。

ちなみに、電車の中で、熱心にお化粧《けしょう》をする女性は、そこが「社会」で、自分には関係がないと思っているからできるのだと思います。もし、一人でも、会社の同僚が乗り合わせて来たら、彼女は今まで通りには化粧は続けられないはずです。「社会」しかなかった空間に、「世間」が現れたからです。

阿部謹也の語った「世間」

ここで、「世間」を考える時に、すべての基本になるであろう歴史学者阿部謹也《きんや》さんの著作から、「世間」とはどういう特徴があるのか確認してみようと思います。

阿部さんは、2006年9月に亡くなられましたが、『「世間」とは何か』（講談社現代新書）、『日本社会で生きるということ』（朝日新聞社）、『学問と「世間」』（岩波新書）など、膨大な著作で、「世間」の正体を突き止めようと格闘を続けてこられた人です。

まず、阿部さんは、『「世間」とは何か』の中で、「社会」と「個人」についてこう書かれています。

明治十年（一八七七）頃に society の訳語として社会という言葉がつくられた。そして同十七年頃に individual の訳語として個人という言葉が定着した。それ以前にはわが国には社会という言葉も個人という言葉もなかったのである。ということは、わが国にはそれ以前には、現在のような意味の社会という概念も個人という概念もなかったことを意味している。

では、どうして今までなかった「社会」や「個人」という単語を〝発明〟しなければいけなかったかというと、富国強兵政策の名のもと、わが国を強引に西洋化する過程で、国会や裁判所などの政府機構、税制、教育、軍制などの概念を国民に説明するためには、「社会」「個人」という単語が必要だったからです。
阿部さんは続けます。

欧米の社会という言葉は本来個人がつくる社会を意味しており、個人が前提であった。しかしわが国では個人という概念は訳語としてできたものの、その内容は欧米の個人とは似ても似つかないものであった。欧米の意味での個人が生まれていないのに社会という言葉が通用するようになってから、少なくとも文章のうえではあたかも欧米流の社会があるかのような幻想が生まれたのである。特に大学や新聞などのマスコミにおいて社会という言葉が一般的に用いられるようになり、わが国における社会の未成熟あるいは特異なあり方が覆《おお》い隠されるという事態になったのである。しかし、学者や新聞人を別にすれば、一般の人々はそれほど鈍感ではなかった。人々は社会という言葉をあまり使わず、日常会話の世界では相変わらず世間という言葉を使い続けたのである。

「社会」という言葉が定着しなかった結果、「そんなことをしたら世間が許さない」「世間《せけん》体《てい》が悪い」という言い方は残っても、「社会が許さない」とか「社会体が悪い」という言い方は生まれなかった、ということです。

そして、阿部さんは、建前《たてまえ》としての「社会」と本音《ほんね》としての「世間」が日本に生まれたとします。

阿部さんは膨大な書籍を著《あらわ》していて、繰り返し、「世間」と「社会」、そして「個人」について書かれています。

僕なりに阿部さんの言葉を要約すると――。

日本の「個人」は、「世間」の中に生きる個人であって、西洋的な「個人」など日本には存在しないのです。そして、もちろん、独立した「個人」が構成する「社会」なんてものも、日本にはないんだと言うのです。

日本人は、「社会」と「世間」を使い分けながら、いわば、ダブルスタンダード（二重基準）の世界で生きてきたのです。

「社会」とは、文字と数式によるヨーロッパ式の思考法です。「近代化システム」と呼べるものです。僕たちは、「建前」と言ったりします。

「世間」は、言葉や動作、振る舞い、宴会、あるいは義理人情が中心となっている人間関係の世界です。「歴史的・伝統的システム」と呼べるものです。「本音」ですね。

が、これまでの社会学者や歴史学者は、「世間」のことを、例えば、「封建遺制《ほうけんいせい》」（古くて、残ってしまったシステム）と呼んで、やがては滅《ほろ》んでいくもの、間違ったもの、改良していくもの、だと考えています。

けれど、「世間」つまりは、「歴史的・伝統的システム」こそが日本人が生きている世界だと、阿部さんは言うのです。

「それは理屈だ」と「しょうがない」の意味するところ

確かに、たまに耳にする「それは理屈《りくつ》だ」という言葉は、このことを象徴しているでしょう。

この言い方は、例えば英語には翻訳不可能です。理屈にあっているのなら、なんの問題もないのですから、「それは理屈だ」というのは、ほめ言葉になっても、けなし言葉や拒否の理由にはならないのです。

ですが、あなたと僕が日本社会に生きているのなら、この言葉が含んでいる意味は簡単に分かります。「それは理屈だ」というのは、「人間というものは、そんなに簡単に理屈で割り切れるものではない。お前の言っていることは正しい。論理的には、けれど、それでは、世間は納得しないだろう。もっと人間の事情や感情を考えろ」ということです。

これは、西洋的な「個人」の概念からは出てこない言葉でしょう。

阿部さんは、「明治以降日本に入ってきた自由、平等、博愛、ヒューマニズムや愛などという言葉は伝統的な世界では用いることができませんでした」（『近代化と世間』朝日新書）と書きます。

私たち日本人が実際に生きている「世間」では、そういう言葉は、リアリティーを持ってない、ということです。

代わりに、例えば、「そこをなんとか」とか「しようがない」という言葉は、「歴史的・伝統的システム」の中で、よく言われる言葉です。

それは、「世間」の中で、独立していない中途半端な「個人」が、つまりわれわれ日本人がよく使う言葉なのです。

「それはこういうことで無理なんだ」と理屈を言っても、「そこをなんとか」と返されると、日本人としては、なんとかしようと考えてしまいます。そもそも、いくら理屈で圧倒的に正しいことを言われても、「そこをなんとか」と言い返せてしまうところが日本人としての強み（？）でしょうか。

「しようがない」に関しては、ベストセラーになったカレル・ヴァン・ウォルフレンの『人間を幸福にしない日本というシステム』（毎日新聞社）の中の文章が、典型的な欧米人の見方を表していると思います。

「シカタガナイ」というのは、ある政治的主張の表明だ。おそらくほとんどの日本の人はこんなふうに考えたことはないだろう。しかし、この言葉の使われ方には、確かに重大な政治的意味がある。シカタガナイと言うたびに、あなたは、あなたが口にしている変革の試みは何であれすべて失敗に終わる、と言っている。つまりあなたは、変革をもたらそうとする試みはいっさい実を結ばないと考えたほうがいいと、他人に勧めている。「この状況は正しくない、しかし受け入れざるをえない」と思うたびに「シカタガナイ」と言う人は、政治的な無力感を社会に広めていることになる。本当は信じていないのに、信じたふりをしてあるルールに従わねばならない、という時、人はまさにこういう立場に立たされる。

この文章を読んで、驚いた人は少なくないかもしれません。そこまでのつもりで言ってないと思った日本人は多いでしょう。正しいとか正しくないではなく、これが、欧米人の典型的な受け取り方なんだということです。

そして、西洋的な「社会」を前提にすれば、ウォルフレンの発言は正しいことになります。けれど、「世間」に生きている日本人は、そこまでの明確な敗北の意識で、この言葉を使ってはいないのです。

「シカタガナイ」に相当する英語はあります。例えば、'It cannot be helped.' なんていう表現ですが、欧米での生活の中で、僕は欧米人がこの表現を使っているのに出会ったことがありません。ぎりぎり、'We have no choice.'（選択の余地がない）という言い方ですが、この言葉の裏には、「考えられる限りのことはやった。でも、これしかない」という能動的なニュアンスがあります。

「しようがない」という受け身の、なにもしないまま、ただ気持ちだけ「あきらめる」というニュアンスの発言はほとんど聞きません。それは、西洋的な「社会」では、ものすごく敗北的なことになるからだと思います。こんな言葉を簡単に言ってしまう「個人」は、西洋的な「社会」では、完璧に負け犬（loser）なのです。

あらためて確認しておきますが、だから、欧米人と日本人のどっちが正しいか、なんてことを僕は言っているのではありません。

私たち日本人は、望むと望まざるとにかかわらず、こういう社会に生きている。だから、まず、この社会の特質を明確にしよう。そうすることで、自分が生きている世界がくっきりと見えてくると思っているのです。

阿部さんは、こんなことも言っています。

「世間」と社会の違いは、「世間」が日本人にとっては変えられないものとされ、所与《しょよ》とされている点である。社会は改革が可能であり、変革しうるものとされているが、「世間」を変えるという発想はない。近代的システムのもとでは社会改革の思想が語られるが、他方で「なにも変わりはしない」という諦念が人々を支配しているのは、歴史的・伝統的システムのもとで変えられないものとしての「世間」が支配しているためである。

（中略）明治以降わが国に導入された社会という概念においては、西欧ですでに個人との関係が確立されていたから、個人の意志が結集されれば社会を変えることができるという道筋は示されていた。しかし「世間」については、そのような道筋は全く示されたことがなく、「世間」は天から与えられたもののごとく個人の意志ではどうにもならないものと受けとめられていた。

（『学問と「世間」』岩波新書）

「世間」は変えられないものだと思っているから、「しようがない」という言葉がよく出てくるというのです。それを簡単に敗北主義的だと攻撃するのはちょっと酷《こく》というものでしょう。

阿部さんは、大学の教授でもあったのですが、最もやっかいな生徒は、両親が教師の生徒だと語っています。

教師は理想を語ります。それは、独立した「個人」が生活する「社会」における生き方です。教師は、決して、「長いものには巻《ま》かれろ」というような「世間」の智恵は語りません。

学級会のまとめで、「一番大切なのは、『長いものには巻かれろ』ということだ。上司とか強い奴のギャグにはとりあえず大声で笑っとけ。今週の標語は、『寄らば大樹の陰』だ」なんていう生きる智恵を語る教師はいないでしょう。いたら、教育委員会やＰＴＡが問題にするかもしれません。結果、子供たちが生きていく世界の真実を伝えようと思う教師は沈黙するしかなくなります。

教師として公式に語ることを求められるのは、強い「個人」となり、長いものに巻かれてしまう「世間」と戦い、「社会」を変革する、ということを理想とすることです。

けれど、残念ながら、日本の現実は、そういう「個人」をなかなか受け入れてはくれません。

教室でだけ、教師の理想を聞いていた生徒は、やがて「世間」との付き合い方を知るようになりますが、教師の子供は、家庭でも教師である親から理想を聞くので、「世間」の存在自体を受け入れ難くなると、阿部さんは言うのです。

じつは、僕は両親が小学校の教師だったのでこの言葉がよく分かります。僕が子供の頃から感じていた「世間」に対する違和感は、これだったのかとこの文章を読んで納得しました。

この本は、僕がそもそも「世間」と「空気」に息が詰《つ》まり、それを乗り越えるためにどうしたらいいか考え始めたことから生まれました。うっとうしい「世間」と「空気」の中で、どう生きたらいいのか。それは、この本のメインテーマですから後述します。

インテリが無視する「世間」

さて、阿部さんは「日本人の多くは『世間』の中で暮らしている。しかし日本の学者や知識人は『世間』という言葉から市民権を奪い、『世間』という言葉は公的な論文や書物には文章語としてほとんど登場することがない」と、憤慨《ふんがい》しています。そして繰り返し、「『世間』を研究することはとても大切なのに、学者やマスコミの人間たちは、『世間』の存在を無視して、まるで、『社会』に生きているかのように振る舞う」と抗議の声をあげ続けました。

海外で長く暮らした人は、たいてい二つのタイプに分かれます。

「日本を大嫌いになる」か「外国を大嫌いになる」かです。

日本のいいところと、自分が住んだ外国のいいところを、冷静に分析して取捨選択《しゅしゃせんたく》しようとする人は、本当に少数派です。

例えば、若い頃、フランスに何年か住んだ人は、何かあるとフランスを持ち出し、日本のベタベタとした人情だけの、理屈が通らない現状を攻撃します。意識としては、完全にフランス人です。

逆に、海外でこっぴどくうちのめされた人は、例えばアメリカの、なんでも契約で、ずけずけとものを言い、ものごとをはっきりさせる、情緒《じょうちょ》のなさを激しく攻撃します。熱烈な愛国主義者になるのです。

それはつまり、西洋的な「社会」に憧《あこが》れるか、日本の「世間」を熱烈に受け入れるか、の極端な結果だと思えるのです。

若者が感じるのは「世間」ではなく「空気」

「社会」と「世間」の違いを、概括的《がいかつてき》に書いてきましたが、阿部さんは、「世間」の原理、ルールをいくつかあげています。

それを今から整理します。

ただし、その前に、大切なこと――。

ここまで読んで、「私は『世間体が悪い』なんて言い方しないのになあ」と思っている若い読者がいると思います。「両親や祖父母は言うけど、今どき、『世間様に申し訳ない』とか『世間体が悪い』なんて言わないし、思ってないんだけどなあ」という人です。その気持ちも、ようく分かります。

ある大学の講演会で、これから書く「世間」の特徴をいろいろとあげました。大学生たちは、興味は示しても、どこか他人事《ひとごと》のように聞いていました。

ところが、「この『世間』が流動化して、どこにでも現れるようになったのが、『空気』なんだよ」と言った途端、教室の空気が一変しました。それは、劇的と言っていい変わり方でした。

「ああ、分かる」と思わず声を出した女性もいました。自分がいつも苦しめられている「空気」とはなにか、それがリアルに分かった瞬間なのでしょう。

なので、今から書く「世間」の特徴は、さまざまなレベルで「空気」に当てはまるものです。

大学生は、まだ自活した生活がありませんから、地域共同体が生む「世間」にも、会社や仕事の共同体が生む「世間」にも、巻き込まれていないはずです。

大学生は、地域の共同体の中ではまだまだ半人前扱いですから、「世間」のしがらみも、そんなに強くないでしょう。「世間」を生きるために欠かせないと言われている、お中元やお歳暮《せいぼ》の心配をしている大学生なんてめったにいないはずです。

息子の就職先や娘の結婚に関して、田舎に住む両親は、「世間」の目にさらされて、切実に「世間」と付き合い、「世間」の中で生きていますが、子供たち、つまりは息子・娘は、まだ「世間」の存在をリアルには感じられないのです。

それよりも、友だちとの会話で生まれる「空気」やバイト先で感じる「空気」の方が重要な問題になると思います。

つまり、ダブルスタンダードを生きる日本人として、「社会」と、そして、「世間」の代わりの「空気」を毎日の生活の中で敏感に感じているはずです。

世間のルール1　贈与・互酬の関係

では、「世間」のルールです。

阿部さんは、まず「世間」のルールとして、一つ目に「贈与《ぞうよ》・互酬《ごしゅう》の関係」をあげています。

ちょっと難しそうな言葉ですが、簡単に言えば、「お互いさま、もちつもたれつ、もらったら必ず返す」の関係ということです。

一番分かりやすいのは、お中元やお歳暮、「内祝い」と呼ばれる祝儀《しゅうぎ》に対するお返しです。香典に対するお返しもあります。

阿部さんはすごくシビアに「重要なのはその際の人間は人格としてそれらのやりとりをしているのではないという点である。贈与・互酬関係における人間とはその人が置かれている場を示している存在であって、人格ではないのである」(『近代化と世間』朝日新書)と書きます。

つまり、山田部長という人がいると、部下たちは、山田さんに贈っているのではなく、部長という立場の人に贈っているということです。当然、山田さんが部長でなくなれば、お中元やお歳暮の贈り物はなくなるし、山田さんが課長に降格したら、贈り物の質は下がる、ということです。

それは当たり前だろうと、日本人であるあなたは思うでしょう。

でも、それを身も蓋《ふた》もなく言ってしまえば、あなたに贈っているのではなく、あなたの地位に贈っている、ということになります。そして、人間ではなく立場に贈るのですから、その立場にふさわしい金額のものを贈らないと、「世間」では生きていけないことになります。あなたがどんなに気に入っていても、山田部長に150円のキティちゃんのボールペンを贈ってしまっては、頭のおかしい人間と思われて、「世間」から弾《はじ》き飛ばされます。

また、何かをもらったら、必ずなにかを返さないと礼儀知らずと言われるということです。

欧米人がいつも驚きますが、日本人は誰かの家を正式に訪ねる時、必ず、手土産《てみやげ》を持って行きます。菓子折りなどのちょっとしたものですが、欧米人はどうしていつも持ってくるんだと不思議がります。

当然、海外に住んだことのある人なら分かると思いますが、欧米人は、手土産を持ってくることもあれば持ってこないこともあります。それは、例えば、来る途中で素敵なスイーツを見つけたとか、安売りをしていたからという合理的な理由です。そして、もちろん、金額もバラバラです。相手の立場に関係なく数百円の安いものも普通にあります。「人さまの家を訪ねるのに、手ぶらで行けるか。それなりのものを持っていかないと」という日本人のルールは、当然、欧米人からは理解されません。

何かもらったり、されたりしたら、私たち日本人は、お返しをしないと申し訳ない、まずい、世間知らずだと思われる、ムズムズする、生きていけない、というメカニズムを持っています。

日本の強盗の理由の一番は、借金を返すためだと阿部さんは説明しています。欧米では、もちろん遊ぶための金です。強盗という切羽詰《せっぱ》まった世界でも、贈与《ぞうよ》・互酬《ごしゅう》の関係が生きているのです。

そして、何かをあげることが、ただあげる以上の意味を持ちます。バレンタインデーの義理チョコが、ＯＬさんたちを悩ませながら、なかなかなくならないのは、「ものをあげる」ということが、ただあげる以上の意味、会社という「世間」で認めてもらうこと、相手をちゃんと仲間だと思っているということなど、を象徴するからです。

そして、立場に対して、何かをあげることが、ほぼ強制や義務になっています。上司に対するお中元やお歳暮もそうですが、手術時の医者への謝礼金など、正当な報酬をもらっている相手に、それ以外のお金をあげることも普通にあります。

最近、医学論文を書いて学位を取得できた場合、論文の審査員に謝礼金を渡すことが慣例になっているとニュースになっていました。「世間」の一員として生活するためには、まさに、贈与・互酬の関係が働いているわけです。

これが、「世間」の中で働く一つ目のルールです。

世間のルール2　長幼の序

ルール二つ目は「長幼《ちょうよう》の序」です。

これは分かりやすいでしょう。「世間」の中では、年上か年下か、ということがものすごく大切なんだ、ということです。

大物の司会者がいない若手芸人だけの番組が成立するのは、同じ「世間」に生きる人たち（所属事務所が同じとか知り合い）が、「長幼の序」というルールに従っているからです。

英語のbrotherやsisterという単語を勉強して、最初に驚くのは、兄とか弟、姉とか妹という関係が分かっても、二人のうちどっちが上かということに関して英語はそんなに関心がないということです。「マイクは、私のbrother」とだけ書かれて、兄なのか弟なのか分からないままということが、小説でも普通にあります。

それは、兄弟であることが重要なのであって、どちらが年上かということは、じつはたいした問題ではないからです。年上の兄が、ただ「年上だから」という理由だけで、「しっかりしよう」とか「弟を指導し、導こう」とは思ってないし、思う必要もないからです。

もっと翻訳不可能なのは、「先輩」「後輩」です。日本人が外国人に向かって必ず言いますから（「彼は私の先輩です」と、外国人に紹介するのです）、一応、それに対応する英語はありますが（seniorなど）、そのニュアンスは、絶対と言っていいほど、欧米人には伝わっていません。

ただ学年がひとつ上だというだけで、どうして尊敬しなければいけないのか、体育系の部活動の例で言えば、どうして絶対に服従しなければいけないのか、どうして敬語を使い続けなければいけないのか。

僕は日本人ですが、じつはこのことに関してはずっと反発していました。先輩だろうが後輩だろうが、素晴らしい人は素晴らしい。年がひとつ上というだけで、どうして尊敬を強制され、命令に服従しなければいけないのか。

尊敬とは、学年がひとつ上だからという理由で強制されるものではなく、素晴らしい人を見て自然に心の中から湧《わ》き上がってくるものです。

けれど、あなたも知っているように、ろくでもない先輩ほど、先輩風を吹かして、後輩に自分を尊敬するように強制します。中身のない先輩ほど、年上という理由だけで威張《いば》り、後輩をいじめるのです。

僕は中学生の時、ソフトテニス部に入りました。野球部や柔道部に比べればまだ、先輩と後輩の上下関係はましでしたが、それでも、理不尽な思いは何度もしました。

年上であることの価値は、あらゆる「世間」を貫《つらぬ》いています。不良グループや暴走族など、無秩序であることを自慢する集団でさえ、その集団の中、つまり「世間」では、先輩・後輩の関係が、びしっと守られているのが通例です。いえ、それがワルを気取るグループであればあるほど、先輩と後輩の区別が厳しいという不思議な世界です。欧米人にはまったく理解できないでしょう。そういう集団の唯一のルールが、「先輩と後輩のけじめと礼儀」なんて場合が普通にあります。

欧米でのストリートギャングの序列は、ケンカが強いとか経済力があるとか指導力があるとか、年齢とはなんの関係もありません。というか、そこに年齢を持ち込むことが、まったくナンセンスだと思うでしょう。

「先輩の言うことには従うしかないんですよ」というのは、欧米では、翻訳不可能の言葉です。一応伝えても、どうしてそんなことになるのか、理解できないのです。

と言いながら、この本の後半で書くことを先にちょっと触れますが、欧米人から見たら〝無意味な〟長幼の序を嫌って、厳しいクラブ活動を敬遠する日本人も出てきました。飲み会で、ただ先輩であるというだけで威張られる関係にうんざりして、この先輩・後輩の関係から逃げ始めた日本人がたくさんいます。あなたもそうかもしれません。

同窓会や入社年度が同じというだけで呼ばれる同期の飲み会を遠慮することも、「年齢」で区切ることへの反発だと思います。

「タメ口」という、相手が年上だろうが平気で同じ年のように話す言い方が、若者の間で広がっています。それは、敬語に対する嫌悪と無知も理由ですが、この過剰な「年齢」の区別に対する無意識の反発でもあると僕は思っています。

これはつまり、「世間」を支配しているルールが揺らいでいるということです。

僕は、２００６年に『孤独と不安のレッスン』（大和書房）という本を出して、「世間は中途半端に壊れている」と書きました。今、急速に進む不況と日本人の意識の変化によって、「世間はかなりのレベルまで壊れている」と思っています。そのときより、確実に状況は進んでいると感じています。

詳しい話は、この本の後半に譲るとして、とにかく、伝統的な「世間」の崩壊は、まずは、この「長幼の序」を拒否する人が出始めた、ということに象徴されます。

僕が1年間、イギリスの演劇学校にいた時、72歳のシャティーという女性教師がいました。不思議と気が合って親しくなった時、彼女は微笑みながら、

「日本は、年上というだけで尊敬されて、大切にされるんでしょう。いい国よねえ。この国はそんなこと全然、ないの。年上でも若者でも、扱《あつか》いは変わらないのよ。困るわねえ」
と僕に話しかけました。

僕は内心、「日本も、今はそんなことないんだけどなあ」と思っていました。

その会話から10年後、僕はロンドンで『トランス』という自分の書いた芝居を、イギリス人俳優相手に演出しました。ある日、客席に僕の母校である早稲田大学の卒業生の人たちが40人ほど来てくれました。『英国稲門会《とうもん》』という早稲田大学出身者の集まりがあるのです。

僕自身、そういうものには一度も出たことはありませんでしたが、公演の後、軽くスピーチしてくれれば嬉しいと言われました。観劇後、レストランに日本人が40人ほど集まりました。見に来てくれたお礼を言った後、みんなが話し始めました。

その時、卒業年度の古い人が話し始めると、後輩たちは一斉に押し黙ってその話を聞くのです。僕も例外ではありません。黙って年配の人の話を聞きます。

一人、どうもトンチンカンな芸術論を語る男性がいて、それは、僕のような演劇人だけではなく、一般の人でも首をひねるような内容なのですが、集まった日本人は、その人が一番の年長者だったので、つまりは一番の先輩だったので、じっと聞いていました。誰も口をはさむことなく、彼の断定していく芸術論は20分近く続きました。

「ああ、『長幼の序』とはこういうことなのか」と、僕は苦い思いで聞いていました。レストランにいた他のイギリス人からすれば、誰もしゃべらず、ただじっと年配の男性の話を20分も聞いている40人もの集団は、じつに不気味に思えたでしょう。

思い出せば、72歳のシャティーが授業中話しだしても、18歳のイギリスの若者たちは自然に彼女の話を止めて、割り込んでいました。「それは違うと思います」とシャティーに自然に突っ込んでいたのです。

僕からすれば、若さゆえの無茶な突っ込みもたくさんあったのですが、シャティーは少しも嫌な顔をせずに丁寧《ていねい》に答えていました。

もちろん、欧米でも年配、老人を尊敬しよう、大切にしよう、という意識を理解する人はいます。

けれど、学年がひとつ違うだけで、命令と服従の関係になるというシステムを理解する人はいません。

僕は中学以来、クラブ活動においてその関係を拒否しました。そして、こっぴどい目にあったのですが、あなたはどうですか？

世間のルール3　共通の時間意識

さて、「世間」のルール、3番目は、「共通の時間意識」です。

これもちょっと難しい言い方ですが、同じ「世間」を生きる人は、お互い、同じ時間を生きていると思っている、ということです。阿部さんの文章を引用しましょう。

日本語の挨拶に「今後ともよろしくお願いします」と「先日は有難うございました」という言葉があり、常に使われている。しかしこの二つの挨拶は欧米には存在しないのである。欧米の個人はそれぞれ自分の時間を生きており、その時の相手と常に同じ時間の中で暮らしているとは思っていない。しかし、日本人は「世間」という共通の時間の中ですべての人が生きていると考えているから、このような挨拶が生まれるのである。

（前掲『学問と「世間」』）

「先日は有難うございました」は共通の過去を生きたという確認であり、「今度ともよろしくお願いします」は、同じ未来を生きるという宣言です。

日本の会社に電話すると必ず言われる「お世話になっております」も、共通の時間を生きているという確認です。たとえ、初めての取引先であっても、電話を取った人は機械的に「お世話になっております」と答えます。

その時、「あ、いえ、これが初めての電話で、取引が成立するかどうかまだ分からないので、まだ、お世話していません」とは誰も言いません。「お世話になっております」は、取引をしているかしていないかは関係なく、相手を自分と同じ「世間」のメンバーと認め、同じ時間を生きていますよね、という確認なのです。

演劇の演出家をしている僕は、言葉に対して誠実であろうといつも思っています。それは、嘘くさいセリフを吐《は》く俳優さんがたくさんいるからです。ですから、実感のこもってない言葉には、僕は人一倍敏感です。

作家でもある僕は、取材の電話を初めての会社にかけることがあります。そのたびに、「お世話になっております」と相手の人は言います。特に、代表として電話を受け付けている人は機械的に言います。僕はそのたびに、なんだかお尻がムズムズするのです。

また、日本社会の特徴である親子心中は、親が、子供も共通の時間を生きていると思うから起こるのです。

親が（多くは母親ですが）死んで、子供が助かった場合、マスコミは、「幼い子供が残された」と表現します。「幼い子供が生き残った」と書いても、「幼い子供が助かった」とは書きません。それは、親と子供が共通に生きている時間から取り残された、と考えているからです。

親と子供は別々の時間を生きている、とは日本人は考えません。「世間」で一番の身近な単位である家族は、みんな、同じ時間を生きていると考えるのです。

結果として、子供はいくつになっても親と同居して、子供扱いされていても、別に疑問を持たないのです。

アメリカ人女性と話していて、「30歳過ぎて、親と同居している男性がいたらどう思う?」と聞いたら、すぐに「負け犬（loser）」と答えました。

もちろん、世界的な不況で親と同居する子供は欧米でも増えてはいるのですが、それでも、欧米人の意識は、別々の時間を生きているはずの親と子が、30歳を過ぎても同じ家に住んで、普通に親子関係を続けていることを、とても奇妙で不自然に感じるのです。

また、練習や仕事が終わった後、集団で居酒屋に入り、集団で酔っぱらい、集団で解散するのは、同じ「世間」に所属するメンバーは共通の時間を生きている、と思えるからです。

日本の会社員は働きすぎだと言われます。といって、長時間、集中したままバリバリと働き続けている人は少数派だと、あなたも知っていると思います。働いていると言っても、その実態は、長時間の会議、長時間のダラダラ残業、長時間の打ち合わせの結果です。つまりは、会社に長くいることが、働きすぎだと言われる主な原因です。

それは、じつはお互いが同じ「世間」を生きていることを確認するために、同じ時間を過ごすことが目的となっている状態なのです。

根回しがすみ、あらかじめ結論が出ている会議に出ることとは、同じ時間を生きているということを確認するために、とても大切なことなのです。

逆に言えば、同じ時間を生きていると思えない相手は、同じ「世間」のメンバーとは認められないのです。

それは、会社やグループ、サークルなどで飲みに行く時、一人、「私、帰ります」と言って違う時間を過ごしてしまう人が、「世間」から排除される構図なのです。

「世間」の一員として受け入れてもらうためには、仕事があろうがなかろうが、同じ時間を過ごすことです。効率とか余暇とか、そんなことを考えていては、「世間」は受け入れてくれないということになります。

ここまで読んできて、つまりは、個人の時間はないんだとあなたは気づいたでしょうか。「共通の時間意識」とは、つまりは個人ではなく、集団として生きていく、ということです。

個人が自分の時間を使うのではなく、社員や子供やメンバーとして、その「世間」全体の時間を生きていく。

ここから、阿部さんの「わが国の『世間』は人が作り上げてゆくものというよりは、運命的に存在しているもの、所与《しょよ》として受け止められていったのである」という分析が出てくるのです。

これを少し難しい言葉で、「所与性《しょよせい》」と言います。自分でつかみ取るものではなく、与えられているもの、ということです。「世間」という共同体は、自分が選んだものではなく、知らないうちに巻き込まれ、そこにすでにあるものだということです。

そして、集団の一員として常に同じ時間を過ごすことに、若者から拒否が始まっています。部下を酒に誘って断られる、という高度成長期には考えられないようなことが、普通に起こる時代になりました。

大切なことは、どれぐらい長い時間一緒にいるかということではなく、どれぐらい効率よく仕事をするか、ではないかと多くの日本人が考えるようになってきたのです（それができるかできないかは、別問題ですが）。

それは、外資系の会社で働く日本人が増えてきたことも原因のひとつです。

欧米では、6時過ぎにサラリーマンがお酒を飲んでいるのは普通の風景です。ロンドンのパブでは、やり手のサラリーマンが、6時には「やれやれ」と言いながら、帰宅前の軽い一杯を楽しんでいます。

昔、日本人は、「こいつら、仕事してないな」と思っていました。

が、外資系の企業で働くと、じつは、仕事の量は同じなんだと日本人は気づいたのです。ただ、凝縮しているか、ダラダラするか、の違いです。「共通の時間意識」を確認するための、やたら長い会議や打ち合わせや根回しをのぞけば、じつは仕事の量は同じなんだという衝撃的なことに日本人は気づき始めたのです。

そして、そういう働き方をしたいと思う日本人が増えてきているのです。

それでも、多くの日本の会社では、今日も機械的に「お世話になっております」と繰り返すのですが。

さて、以上の三つが、阿部さんが〝発見〟した「世間」の原理です。

これに、「世間」の正体をもう少し分かりやすくするため、二つルールを加えます。

世間のルール4　差別的で排他的

4番目は「差別的で排他的」ということです。

これは、一番、理解しやすいかもしれません。

阿部さんは、「世間」の原理というより、特徴として繰り返し書いています。僕は、原理と特徴をまとめて、ルールと言うのが分かりやすいと思って書いています。

この章の冒頭に書いた、席を必死で取るおばさんは、間違いなく、「差別的で排他的」です。ですが、本人にはそんな意識はありません。ただ、「世間」の仲間に対して気を使っているだけです。

けれど、すぐ後ろにいて、席がまだ空いているのに座れない親子連れにとって、そのおばさんの「世間」は「差別的で排他的」と感じられるのです。

自分の所属する「世間」の暗黙のルールを破った時、誰もが差別され、弾き飛ばされます。

僕は大学の演劇サークルで、「長幼の序」を無視して、尊敬できる先輩には丁寧《ていねい》に接し、中身のない先輩にはぞんざいに接しました。サークルといっても、みんなプロの俳優や演出家を目指していましたから、非常にシビアな現場でした。

ある時、先輩に誘われて、新人たち大勢で飲み会に行きました。その先輩は、中身がないのにいばっていると僕が普段から思っていた人でした。

先輩は、居酒屋のテーブルについた新人たちに対して、順番に「お前はどこに住んでいるんだ？」と聞き始めました。僕の順番になった時、先輩は、平気な顔で、僕を飛ばして次の新人に質問しました。つまり、僕の右隣の新人に聞いた後、すぐに左隣の新人に声をかけたのです。新人たちも一瞬、何が起こったのか分かりませんでした。機械的に僕の左隣の新人は、すぐに答えました。

僕は、「へえ、人間は、気に入らないことがあると、こんな分かりやすいことをするんだ」と、ただ驚きました。

もちろん、高校や大学を卒業して就職すれば、そういうことは普通にあるでしょう。「実社会」と呼ばれる場所では（そう、「社会」も「実」をつけるとやっとリアルに、つまり「世間」になるのです）当たり前のことです。

が、厳しい「世間」に出る前の、大学という場所で（それでも、もちろん、サークルという「世間」ですが）そんな分かりやすい差別と排他的行動に出会って、僕は驚いたのです。

少なくとも、学生の間は、そういう「差別的で排他的」な行動は、「あってはいけないもの」であり、先生に言えば「厳しく否定されるもの」だと思われているはずでした（高校まではとくにそうです)。

両親が教師で「平等と民主主義」という理想を教え込まれた僕は、居酒屋で、むき出しになった「世間」のルール(この場合は掟《おきて》と言った方がぴったりきます)に出会って、驚いたのです。

ちなみに、その後、僕は、差別され排他的に扱われているサークルという「世間」を飛び越え、サークル所属の自分が主宰《しゅさい》する劇団の観客数を増やすことで、その外側の「社会」と直接つながり、「差別的で排他的」なサークルという「世間」を無視しました。

この話は、この本の大切なテーマのひとつなので、もう少し後に詳しく書きます。

阿部さんは、部落差別についてこう書いています。

被差別部落に対する差別は「世間」と無関係に存在していたのではない。なぜなら「世間」それ自体が差別的体系であり、閉鎖的性格をもっているからである。私たちは日々の日常生活の中で「世間」からはみ出さないように細心の注意を払って暮らしている。「世間」が差別的体系であることをよく知っているからである。毎日このような差別的体系の中で暮らしている私たちはその外に被差別民を設定し、そこに差別の視線を向けることによって自分たち自身が差別者であると同時に差別されているという事実を隠そうとしている。

（前掲『学問と「世間」』）

肌の色の違いの人種差別ではなく、男女差別でもなく、ただ、被差別部落出身だという、今や世界的に珍しい「目に見えない」差別の根拠はこれだというのです。

逆に言えば、差別することで「世間」を存在させている、ということです。

「順番に来るいじめ」は、じつは日本の特徴なのですが、もうひとつ、日本的で欧米にないいじめがあります。

それは、クラス全体が一人の人間に対して、「何もしないいじめ」です。

日本人であるあなたはすぐにこのいじめの内容を理解するでしょう。クラスメイト全員が、徹底して、特定の一人の人間を無視するいじめです。

面と向かって悪口を言うわけでも、殴るわけでも、教科書に落書きをするわけでもなく、ただ、口を利《き》かない。どんなに話しかけられても誰も返事をしない。

じつに陰湿《いんしつ》ないじめです。

何もしないでいじめることで、「世間」を成立させているのです。

そうやって、差別し、排他的に振る舞うことで、自分たちは同じ「世間」に所属しているんだと確認するのです。

ヨーロッパでもアメリカでも、「いじめ」はありますが、クラス全体が一致して、「何もしない」ということはありえません。Aという人がいれば、Aをいじめる人がいて、Aと普通に会話する人がいて、まったく関心がない人がいる。それだけのことです。

欧米人には、この「クラス全体が一致して」という部分が、理解できません。説明を続けて、ようやく、「例えば、スラム出身などの凶悪な人間たちが偶然、同じ教室に集まったのか」とクラスが一致しやすい場合を想像しても、その集まった人たちが全員で「何もしない」のだと説明すると、まったく、理解不能の顔を見せるのです。

欧米では、一部の人が無視するいじめを続けても、他の人間が話しかけます。クラス全体が一致して、一人の人間を無視する行為は、欧米人にどう説明しても理解されないのです。

世間のルール5　神秘性

さて、「世間」のルール、最後は、「神秘性」がある、ということです。

戸惑うかもしれませんが、なんのことはない、「世間」に生きる人たちは、「迷信」や「おまじない」や「ジンクス」や「しきたり」などを信じていて、そして、それを守ることを求められている、ということです。

肯定的に書けば「神秘性」。ちょっとネガティブなイメージで書けば「呪術性《じゅじゅっせい》」です。

阿部さんは、「世間」の特徴として、研究が進んだ後期、「呪術性」という言葉を使うことを避けていましたから、僕も「神秘性」と書きます。これは、阿部さんの言葉ではありません。「スピリチュアル性」と書いてもいいのですが、この言葉にも、良いイメージとうさんくさいイメージがあるので避けました。

「神秘性」は、例えば、田舎に行けば行くほど、つまりは伝統的な「世間」が強力になればなるほど、守らなければいけない手順、踏み込んでいけない場所、などが増えていく、というようなことです。それがどんなに非生産的で不合理だと思っても、「昔からそういうやり方をしている」という一言で、その「しきたり」や「伝統」や「迷信」は守られるのです。

論理的な根拠はないけれど、それが大切なことだと思えば「伝統」と呼ばれます。けれど、その「世間」からはみ出している人からすれば、まったく根拠を発見できませんから、それは「迷信」と呼ばれるのです。

田舎以外でも、メンバーが固定していて、閉じた集団になればなるほど、同じことが起こります。論理的な根拠のない、外の人からは不必要と思われる仕事の手順が増えたりするのです。

そうすることで、「世間」は仲間と仲間でない人間を分けているのです。

別な言い方をすれば、「世間」は、その「世間」に属していない人から見たら、じつに不合理なルールで動いていて、それは、その「世間」の中にいる人にしか理解されない、ということです。

例えば、日本では、犯罪を犯した子供の親が自殺したり（連続幼女誘拐殺人事件の宮崎勤の父親の例が典型ですが）、兄弟姉妹の結婚話が破談になることが珍しくありません。

それを「しょうがない」と思う日本人はいても、欧米人に、堂々と、「子供が罪を犯したら、親は自殺するのが当然である」と説明できる日本人はいないと思います。

「世間」が責めるから生きていけない、という言い方はできても、どうして「世間」が責めるのか、あなたは説明できるでしょうか。

また、逮捕された瞬間から、すぐに、「世間」は、犯罪者扱いをします。裁判というものがあって、そこで無罪になるかもしれない、という可能性をまったく捨てて、警察がやってきて、隣人が逮捕された、ということを聞いた瞬間から、その隣家は、「世間」から弾き飛ばされます。付き合ってはいけない対象となるのです。

それが、不合理なことだと分かっているのは、例えば痴漢《ちかん》の冤罪《えんざい》に苦しめられたり、不当逮捕で、最終的に無罪を勝ち取った人たちだけです。

「逮捕された」と聞くだけで、起訴もされず、判決も出ていない前に「ああ、悪いことをしたんだ、悪い人なんだ」と思ってしまうのは、私たちが神秘的で呪術的な「世間」に生きている証拠です。

もし、「社会」に生きているのなら、西洋から輸入した裁判というシステムが染み込んでいるはずで、「逮捕されたからと言って、ただちに犯罪者とは限らない。まず起訴されるかどうかを見て、その後は裁判の結果を待とう」と思うはずなのです。

罪を犯した子供の親を犯罪者と同じような目で見て責めたり、容疑者という言葉が犯罪者と同じ意味だと思い込んでしまう「世間」は、合理的なルールでは動いていないと言えます。合理的、論理的な筋道が通らない場合、それは、神秘的と言うしかないのです。

犯罪を犯したから有罪なのではなく、有罪と思われたから有罪というのは、言ってみれば、現代人の思考方法ではなく、もっと昔の魔法や呪術が力を持っていた時代の思考方法と言えます。

演劇や映画の現場では、今でも、初日の前やクランクインの前に、神主さんを呼んで「御《お》祓《はら》い」をしてもらいます。

僕自身は申し訳ないことにまったく信じてないのですが、必ず、やります。それは、俳優さんの中に、そういうことをとても気にする人がいるからです。

じつを言えば、初日直前の劇場は、5分10分の時間でも惜しいのです。5分間あれば、不十分な照明のひとつも直せます。そんな戦場のような慌ただしさの中、20分から30分、御祓いに時間を使うというのは、なんとももったいないのですが、これまた「しようがない」と思っています。

ただし、出演者が全員、20代の若者の場合などは、やりません。みんな、気にしないからです。

「神秘性」は「儀式性」としても現れます。「しきたり」や「迷信」「伝統」を守るためには、儀式は欠かせないものだからです。

ですから、「世間」には、部外者から見たら無意味としか思えないような「儀式」がたくさんあります。

それは、その儀式に出席することが、「世間」の一員であるという相互確認だからです。そういう意味では、結論がじつは出ている、長時間のダラダラとした、ただいるだけの会議や残業は、儀式だとも言えます。

儀式は、とり行い、参加することに意味があるのです。その中身には意味がありません。

入学式、卒業式、終業式、入社式、いろんな儀式で、その中身、つまりは、校長先生や社長のスピーチに感動し、今もずっと覚えている人は日本中に何人いるでしょうか。たいてい、そのスピーチは、当たり障《さわ》りのないことを言います。もしくは、お葬式のお経や御祓いの言葉のように、一般人には意味不明の言葉が続きます。

そういう儀式のスピーチや御祓いの言葉に感動した、なんて言う人にはめったに会いません。中身は問題ではないからです。その儀式を行い、みんなが参加することが目的だからです。

何年も前ですが、「日本劇団協議会10周年記念総会」というのがありました。日本の主《おも》だった劇団が参加している組織なのですが、そこに、当時、文化庁長官だった心理学者の河合隼雄《はやお》さんが政府を代表して祝辞の挨拶に立ちました。僕は、参加している劇団の代表者の一人として、そのスピーチを聞く側でした。

河合さんは懐《ふところ》から折り畳《たた》まれた書き付けを出して読み始めました。

「本日、この良き日に、『日本劇団協議会』が10周年を迎えるにあたり、一言、お祝いの言葉を申し上げます」

と、極めて型通りの言葉でした。

出席者全員が、長く退屈なスピーチを予想してうんざりした瞬間、河合さんは、書き付けをテーブルの上に置いて、

「と、いうような文章を文化庁の事務方《じむかた》が書いてくれたんですけど、僕は、本当に演劇が大好きなんですよ」と、話し始めました。

会場はどよめきました。公の式典で、そんな話し方を初めて聞いたからです。それは、本当に私たちに向かって話しかけているると感じた瞬間でした。それから、河合さんは、10分ほど、自分がどれほど演劇が好きで、どんな作品を見てきて、どんなに演劇に勇気づけられたかを語りました。

そして、最後に、「それでは、せっかく、事務方が書いてくれた文章なので、最後の部分を読んで終わります。『末尾《まつび》ながら、日本劇団協議会のますますの発展をお祈りし、10周年のお祝いの言葉とさせていただきます』」

そして河合さんはスタスタと演壇を去りました。

その瞬間、会場から割れんばかりの拍手と歓声、口笛が起こりました。自分の言葉で話すとはこういうことだ、本当の祝辞とはこういうものだ、文化庁長官だって紋切り型にしなくていいんだ、日本人だって形だけの言葉に退屈しているんだ、そんな感動と称賛に溢《あふ》れた拍手と歓声、口笛でした。

社　会	世　間
契約関係	贈与・互酬の関係
個人の平等	長幼の序
個々の時間意識をもつ	共通の時間意識をもつ
個人の集合体	個人の不在
変革が可能	変革は不可能
個人主義的	集団主義的
合理的な関係	非合理的・呪術的な関係
聖／俗の分離	聖／俗の融合
実質性の重視	儀式性の重視
平等性	排他性（ウチ／ソトの区別）
非権力性	権力性

「社会」と「世間」の比較

（『「世間」の現象学』青弓社より）

以上が阿部謹也さんが粘り強く明らかにしてくれた「世間」の基本ルールです。

1　贈与・互酬の関係
2　長幼の序
3　共通の時間意識
4　差別的で排他的
5　神秘性

1から3までが「世間」の根本原理。4と5は、その結果の特徴です。じつは、詳しく言えば、特徴はもっとありま す。

ここで、「社会」との違いを、阿部さ

んの仕事を受け継ぎ、「世間学」というアプローチをなさっている佐藤直樹さんの作成した一覧表で確認してみましょう（『「世間」の現象学』青弓社）。

表でよく分からないところは、ぜひ、『「世間」の現象学』をお読みいただきたいと思います。非常に分かりやすく「世間」の本質と問題点をまとめてくれています。

僕は、分かりやすくするために、重要なものを五つにしました。もちろん、五つという数字は、絶対のものではありません。

西洋にも「世間」はあった

阿部さんの「世間」に関する仕事の中で、一番感動的なのは、「世間」のルールを明確にしたことよりも、じつは、「西洋にも『世間』はあった」ということを教えてくれたことだと、僕は思っています。

なんのことかというと、歴史学者である阿部さんは、中世ヨーロッパを研究していく過程で、じつは「世間」と同じものが、かつてヨーロッパにもあったんだということを明確にしたのです。

西欧で個人が生まれたのは十二世紀といわれている。そのきっかけはカトリック教会における告解《こっかい》の普及と都市の成立であった。告解は六世紀ごろから普及し、十二世紀には秘密の告解として確立していた。（中略）六世紀以後にさまざまな形で現れる贖罪《しょくざい》規定書に明らかなように、このころには罪の目録がつくられ、何が罪となるかは少なくとも司祭には明らかになっていた。告解を通じて人々は自分の内面を初めて見ることになったのである。

（前掲『学問と「世間」』）

ヨーロッパでは1215年にラテラノ公会議が開かれ、少なくとも年1回の告解がすべての成人男女の義務となった、と阿部さんは書きます。

神の前で、実際には神父さんに対して、自分がどんな罪を犯したかを一人で告白し、許しを乞《こ》うことが義務になったというのです。そうすることで、「個人」という内面がヨーロッパ人の中に生まれたのです。

順番に説明しますが、まず、何が罪になるかというと、カトリック教会が作った『贖《しょく》罪《ざい》規定書』にこと細かに書かれていました。

それは、キリスト教が禁じた民間信仰や呪術的なしきたりです。

例えば月・太陽・星などを崇拝《すうはい》するような信仰をもっていたような人々、叫び声をあげて月が欠けていくのをとめさせようとしたり、家を建てたり、結婚をするときに月齢を観察してよい日を選んだりしていた人々です。キリスト教会はそのような慣習をやめさせようとして、それに背いた者は二年間の贖罪をしなければならないと定めています。

（『ヨーロッパを見る視角』岩波書店）

他にも、「泉や樹木や十字路にあかりを灯《とも》して病を治そうとした場合」や「お墓や泉や樹木や石などに捧げられた食物を食べたり、石を山のように積んだ場合」など、日本でもおまじないとして普通にありそうなことが詳しく書かれています。

唯一、あなたが信じるのはキリスト教であり、それ以外の奇跡や魔術、迷信や異教を信じることを厳しく禁止したのです。

さらに詳しく言うと――。

個人は司祭の前で自分が犯した罪を告白し、自分の性行為のあり方だけでなく、迷信や呪術との関わりについても詳しく告白しなければならないのです。妻と共に風呂に入り、妻の裸体を見ただけでパンと水だけで過ごす一週間の贖罪を果たさなければならないのです。夫婦であっても性交の体位から回数、性交が許される時期などについて厳しい規定があったのです。そのほか家を建てるときや結婚式を行うときに吉日を選ぶ習慣も異教的なものとして否定され、それらが個人の罪として個人が贖罪すべきものとされているのです。このマニュアルは『贖罪規定書』といいますが、そこではこのようないわゆるアニミズム的なものがすべて否定され、モノの中に宿る霊の存在も否定されています。いいかえればこの時点でヨーロッパにおいてはわが国の天皇制を可能にした状況が駆逐されたといってよいでしょう。（『「世間」への旅』筑摩書房）

つまりは、不合理なものを排除し、徹底的に自分を見つめ、自分の内面を探ることで個人が生まれたということです。

「西欧の個人は神という絶対的なものに対して自己を確認しようとする姿勢の中で生まれたのである」（前掲『「世間」への旅』）

この研究は感動的です。なぜかと言えば、明治維新以来、「世間」は、学問的には否定されるものとして扱われてきました。それは、古くて恥ずかしいもので、研究に値しないものだ、という考え方です。

なのに、その裏側で強力に生き残っているという矛盾した状態は、まるで、ものすごく売れてるのに、なんのリスペクトもなくて人前では堂々と好きと言えないアーティストみたいなものです。誰の感じでしょうか？　相田みつをさんとかジャニーズの誰かとか赤川次郎さんとか、劇団四季さんとかでしょうか。すみません。とにかく、「世間」は、特殊なものだとずっと思われていたのです。

が、阿部さんの中世ヨーロッパの研究によって、人間は、放っておけば、「世間」のような集団を作るものなんだ、それは日本もヨーロッパも同じなんだと例証したのです。

十世紀から十三世紀にかけて書かれた「アイスランド・サガ」を見ると、人々がわが国の「世間」と同じような絆《きずな》のもとで暮らしていたことがわかる。サガには約七千名の個人名が出てくるにもかかわらず、それらの人にはほとんど内面の描写がない。彼らは集団で暮らし、集団の掟のもとにあった。自分の集団の人間が他の集団の人間によって殺されたときなど、他の集団の人間を殺害する義務があり、そのために世代を超えて殺害が繰り返されることもしばしばであった。

このような集団の中で生きていた人々が洗礼によってキリスト教に改宗し、告解を通して自己の内面に目を開かされていったのである。そして十二、三世紀以降に成立した都市に出ていった青年たちは、旧来の伝統的な共同体から離れて新たに自分の生き方を考えなければならなくなっていた。

（前掲『学問と「世間」』）

キリスト教というシステムがなければ、西洋もまた「世間」が続いていただろうという大胆な研究です。

つまりは、日本人の「世間」と欧米人の「社会」を分けるのは、一神教のキリスト教の存在なのだと、明確に描写したのです。

そして、「世間」を信じてしまう日本人は、別に劣《おと》っているわけでも間違っているわけでもなく、人間は、強力な一神教がなければ、自然にそう思うんだということを明らかにしたのです。この〝発見〟は、「世間」に生きるコンプレックスを解き放ち、「世間」に対して、客観的に向き合うことができるきっかけを作った、という意味で本当に感動的なのです。

教会が「世間」をつぶした

話は戻って、カトリック教会は、「世間」の存在を許していると、キリスト教だけを信じるようにはならないと徹底的に「世間」を攻撃しました。

阿部さんの本には、くじ引きのような偶然で人選することや、神判と呼ばれる超自然的存在の意志を受けて判断するようなものも禁じられたと書かれています。おみくじや御祓《おはら》いなど、もっての外《ほか》なのです。さらに「世間」の最初のルール、「贈与・互酬の関係」もキリスト教は禁じ、カトリック教会はそれを徹底しました。

初期中世にはすでに贈与慣行に変化が見られた。その変化は何よりも国家の確立とキリスト教の成立に見ることが出来る。

「ルカ伝」一四章には次のように記されている。

「昼食や夕食の会を催すときには、友人も、兄弟も、親類も、近所の金持ちも呼んではならない。その人たちも、あなたを招いてお返しをするかも知れないからである。宴会を催すときには、むしろ、貧しい人、体の不自由な人、足の不自由な人、目の見えない人を招きなさい。そうすれば、その人たちはお返しができないから、あなたは幸いだ。正しい者たちが復活するとき、あなたは報われる」

いうまでもなく、ユダヤ社会にも贈与慣行があったから、キリストの教えはそれを打破し、死後の世界について新しい教えを伝えるために説かれたのである。

（前掲『近代化と世間』）

つまり、共同体＝「世間」で、お互いがお返しを続けていた生活の中にキリスト教が強引に入ってきたのです。そして、今までの、ごちそうになればお返しするという当然の流れを否定し、お返しできない人にごちそうすることこそが、神が求めていることなんだと説いたのです。

そうすると、日本人のように、誰かから贈り物をもらって、お返しをしないままのバツの悪い、申し訳ない、なんとかしなくては、というムズムズとした気持ちを感じる必要がなくなるのです。

神の前ではすべての人は、絶対に平等ですから、「長幼の序」を感じる必要もなくなります。それぞれの個人にとって大切なのは、ひとつ上の先輩ではなく、神だけなのです。

神と「世間」の役割は同じ

欧米に留学したり、住んだりした結果、外国かぶれした人が必ず言うことがあります。それは、「日本人は自分の食べたいものも自分で決められない」ということです。

何人かで、食事に行こうという時、内心、パスタを食べたいと思っていても、「ラーメンがいいね」「ああ、ラーメン、いいね」と何人かがラーメンと続けば、日本人は絶対に、

「じゃあ、俺、パスタ食べたいから一人で行ってくるよ」とは言わないということです。

外国かぶれした人は、「だから、日本人はダメなんだよ。個人がしっかりしてないんだ。欧米では、周りがどんなに『ラーメン』って言っても、一人、平気でパスタ食べに行くんだよ。自立してるんだよな」と言うのです。


けれど、ここまで「世間」と「社会」の違いを読んできた人なら、それは、自立とか個人の強さの問題ではないとお分かりでしょう。

欧米人は、神との関係が問題なのです。

そして、日本人は「世間」との関係が問題なのです。

もし、神が「汝《なんじ》、ラーメンを食せよ」と言えば（ま、そんなことをキリストは言わないでしょうが）、欧米人は自分がパスタをどんなに食べたくても、迷うことなくラーメンを食べるのです。

詳しいことは、『孤独と不安のレッスン』に書きましたが、1972年10月、飛行機がアンデス山中に不時着して、乗客は極度の飢餓状態となり、先に死んだ乗客の死体を食べて生き延びたという世界的に有名になった事件がありました。

その時、乗客たちは、生き延びるために死体を食べていいのか、自分はどうするのかと、一人一人が神と対話しました。もちろん、議論もしますが、最終的には、一人一人、神に問いかけました。全員がキリスト教徒でした。

「これは、聖餐《せいさん》だ。キリストはわれわれを求道的生活へと導くために、死んで自分の体を与えた。われわれの友人たちは、われわれの肉体を生かすために、その体を与えてくれたのだ」と、これは「神の思《おぼ》し召《め》し」だと語った人がいたそうです。そう語る人たちは、食べることに積極的でした。

日本人なら、どうなったでしょうか？

一般的な日本人は、個人的に問いかける神は持っていません。私たちは、神の代わりに「世間」を持っているのです。

たぶん、全体ではなんとなく議論して、でも陰でいろいろと根回しをして、対一だと本音で話して、「空気」を読んで、みんなが納得したようなら、食べるでしょう。

一番年上の人が、「長幼の序」で最初の一口を食べるかもしれません。逆に、「長幼の序」で、一番若い人間がまず、食べさせられるかもしれません。

「神秘性」に頼って、じゃんけんとかくじ引きで、最初に食べる人間を決めるかもしれません。

誰か一人だけが食べないことは許されないでしょう。日本人が作る「世間」という集団は、「差別的で排他的」ですし、誰かが一番に食べるという積極的な〝犠牲〟を選んだ後は、「贈与・互酬の関係」によって、その犠牲としての贈り物をムダにはできないので、みんな〝食べる〟という決定に従うでしょう。

全員が食べたのに、一人だけ食べずに餓死《がし》した場合、その死体は、食べたのに（ケガなどで）死んでしまった人に比べて、暗黙の了解の中で「差別的で排他的」に扱われるのではないかという想像も働きます。

神も「世間」も、ここでは同じ役割をになっています。

それは、極限状況にいる人間を支える、ということです。

生き延びるために死体を食べていいのか。その正解のない問いの前で、たぶんどちらの答えを出しても後悔するであろう、人生の難問の前で震《ふる》え、怯《おび》え、壊れそうになっている人間を支える――それが、神と「世間」の役割です。

「世間」のルールとしてあげた五つのことは、まるで悪いことのように思われているでしょうか。

確かに、「差別的で排他的」などは悪い印象ですが、それは逆に言えば、その「世間」のメンバーとなれば、特権的に守ってくれる、ということを表しています。

「世間」が、明治維新以降、表舞台から去っても、決してなくならなかったのには、間違いなく理由があります。

それは、「世間」がかろうじて、人間を支えてくれたからです。

突然、政府機構だの法律だの教育制度だの選挙だの軍制だの税制だの、まったく見知らぬものが次々と生活の中に侵入してくるのです。壊れない方がおかしいでしょう。

導入する側は、西洋まで調査に行き、「個人」というイメージ、「社会」というイメージを知っていますからまだましですが、いきなり、変化の真《ま》っ只中《ただなか》に放り込まれたほとんどの日本国民は、目隠しをされたまま全力疾走させられるようなものです。なおかつ、ゴールもイメージできません。明治のほんのわずかのインテリには、まがりなりにも、ゴールは見えましたが、ほとんどの日本人は、西洋化とはなにか、どこに向かうのか、まったく分からなかったのです。

その時、かろうじて、そんな明治の国民を支えたのが「世間」だというのは、容易に想像できます。


このとき新しい近代的諸関係の中に取り残された伝統的人間関係は旧来の「世間」という枠組みによりどころを求めるしかなかったのである。企業も行政も新しい組織を作り、その中に位置づけられることになった人々は旧来の「世間」という枠組みの中で辛うじて自己を守ることが出来た。こうして「世間」は近代的諸制度の中で隠れた形で生き延びたのである。明治以降の近代的諸関係の中で人々は家族と親族の絆を維持し、先祖供養の伝統をその関係の中で守り、新しい文明の中で自己の位置を守ろうとしていた。それらの総体がまさに「世間」という枠組みをなすことになったのである。

（前掲『「世間」への旅』）

いくら、西洋の教育制度の素晴らしさを訴えられても、「それは理屈だ」という言葉で、かろうじて、「世間」の側から反論するしかなかった事情も分かるのです。

繰り返しますが、「それは理屈だ」という言葉には、生活の実感を無視して、強引に理論を押しつけられることに対する反発のニュアンスが強くあります。

それは、明治の庶民が感じていた感覚、そのものだったのでしょう。

ですから、「世間」が庶民一人一人を支えている間は、誰も「世間」に反発し、拒絶《きょぜつ》し、逃げようとする必要はなかったのです。

今流行の言葉でいえば、「セイフティー・ネット」です。「社会」に翻弄《ほんろう》された時、「世間」という強力な「セイフティー・ネット」が人々を守ってくれたのです。

「世間」は人々に生活の指針を与え、集団で暮らす場合の制約を課していた。それは広く捉えれば公共性とも呼ぶべきものであり、自己の欲望を抑制し、集団の利害を優先するための指針であった。

（前掲『「世間」への旅』）

もちろん、お互いを支えるためには、それぞれの生活の規制として「世間」は働くことも多いわけです。阿部さんは、日本の文献を調べ「すでに万葉の時代から『世間』を自分の想いに制約を課すものと感ずる人間も生まれていた」と書きます。

けれど、「世間」が自己を支え、守ってくれる限りは、制約や規制があっても、「世間」は守るべきもの、従うもの、大切にするものだったのです。

第3章　「世間」と「空気」

「世間」が流動化したものが「空気」

それでは、いよいよ、「世間」と「空気」の関係を明確にしようと思います。

まず、今まで、「世間」という言葉を明確に定義しないまま、使ってきました。なんとなく分かっている気になっていますが、ここで阿部謹也さんの表現を見てみましょう。

阿部さんは、いろんな本でいろんな言い方をしているのですが、例えば――。

「世間」という言葉は自分と利害関係のある人々と将来利害関係をもつであろう人々の全体の総称なのである。具体的な例をあげれば政党の派閥、大学などの同窓会、花やお茶、スポーツなどの趣味の会などであり、大学の学部や会社内部の人脈なども含まれる。近所付き合いなどを含めれば「世間」は極めて多様な範囲にわたっているが、基本的には同質な人間からなり、外国人を含まず、排他的で差別的な性格をもっている。

（前掲『「世間」への旅』）

阿部さんのあげている例のどれを取ってもいいのですが、例えば、「政党の派閥」が強力なボスのもとでコントロールされている現場では、「世間」が生まれます。

ここで、第1章冒頭のバラエティー番組の例を思い出していただきたいのですが、それは有能な大物司会者がいる場合です。

が、例えば、派閥の若手議員だけが集まる会合があったとします。ちょっと前の例で言えば、「小泉チルドレンの当選後の初顔合わせ」のような例です。

その時、全員は、当選1回の同期であり、「長幼の序」は明確には決定していません。日本人は基本的に相手の年齢を参考にしますが、ここにあらためて自分の年を言いたがらない女性議員が入り、なおかつ、年上でも女には命令されたくないという男性原理主義者がまじり、なおかつ、年下でも自分の方が学歴や社会的キャリアは上だと思っている人が入ったりすると、単純な年齢＝先輩・後輩関係は成立しにくくなります。

ここに、派閥のボスが登場して、ボスの目線で、順位をつけてくれれば、会話は（表面上は）とてもスムーズに進むようになりますが、派閥のボスも、最初の顔合わせの時にいきなり順位を決めるのは難しいでしょう。

ここには、まだ、固定的な「世間」は生まれてないのです。

では、何が生まれるのでしょう。僕は、それが、「空気」だと思っているのです。

彼ら彼女らは、無作為に集められた無目的な集団ではありません。

全員が同じ集団に属していると思っています。つまり、他の集団に対して、「差別的で排他的」にならざるを得ないと思っているのです。

そして、これからも、この集団の中でやっていくと暗黙に思っています。つまりは「共通の時間意識」のもとで生きるだろうと考えているのです。

全員が集まることで、何かそれ以上のことがなし遂げられるような気がしています。この集団は、なにか、日本を変えるとてつもない力を持っていると「神秘性」を感じるのです。

ここで、まだ明確でないのは、「長幼の序」と「贈与・互酬の関係」だけです。

これが、この本の冒頭で僕が言った、「空気」とは、「世間」が流動化した状態である、ということです。

つまり、「世間」を構成する五つのルールのうち、いくつかだけが機能している状態が「空気」だと考えているのです。

逆に言えば、「空気」とは、「世間」を構成するルールのいくつかが欠けたものだと思っているのです。

五つのルールが明確に機能し始めた途端に、流動的で一時的だった「空気」は、固定的で安定した「世間」に変化します。

日本人がパーティーが苦手な理由

蛇足《だそく》ながら説明をしておくと、派閥のボスは、もちろん、こんな不安定な状態で若手だけに会合を持たせないでしょう。初顔合わせの時には、間違いなく、派閥のボスや幹部が同席して、「世間」を確定します。つまり、新人議員―ベテラン議員―ボスという「長幼の序」をちゃんと機能させますし、「贈与・互酬の関係」に基づいて、ベテラン議員がいろいろとアドバイスするでしょう。

新人議員たちも、間違っても、新人議員だけで飲み会に行く、なんていうフレンドリーな（日本的に言うと無謀《むぼう》な）行動には出ないはずです。

ちなみに、日本に来た欧米人が、いつも嘆《なげ》くのは、日本におけるパーティー文化の貧弱さ、というか不可能性です。

欧米では、パーティーで知り合った人間同士が簡単に友だちになります。知らないパーティーに行って、そこで知らない人間と友だちになる、ということも普通です。

アメリカやヨーロッパでは、パーティーに招かれて、行ってみれば大人数のパーティーで、招いた人間は最初だけ話して、あとは放りっぱなしです。それが、普通のルールです。欧米人は、そこで、誰かれとなく話して、友だちになります。が、たいていの日本人は、そこで立ち往生してしまうのです。

それは、知り合う人が、自分と、そして、パーティーの主催《しゅさい》者とどういう関係で、どういう立場であるか明確にならないと、なんと話しかけていいか分からないからです。

それは、後述する日本語の問題が深く関わっているのですが（もちろん、海外のパーティーでは例えば英語を使い、日本語は話されないのですが、思考方法が日本語式になっているので）、日本人は「世間」の保証がないまま、知らない相手とコミュニケイションを取る、ということがひどく不得手なのです（もちろん、名刺をお互い交換しながらなら、話せます。名刺をもらった瞬間に、相手の地位が、つまりお互いの「世間」の関係がすぐに分かるからです）。

それは、日本人の未成熟さでも社交下手でもありません。そういう構造の世界に、つまり「世間」に生きてきたということです。

ですから、新人議員だけで飲みに行く、などという、「世間」の保証のない、変化し続ける「空気」しか生まれない場所に行く日本人がいるとは、なかなか思えないのです。

もし、そういう飲み会があれば、そこでは、激しい「長幼の序」を決めるバトルが水面下で行われるはずです。都会出身の議員の方が上なのか、派閥のボスの名前を何度も出して寵愛《ちょうあい》されているというアピールがうまい議員の方が上なのか。身振りや雰囲気、意味深な素振り、表情、さまざまなもので「空気」を作り、その「空気」を固定しようと、言葉にならない戦いが続くはずです。それは、議員全員が争うことが好きなのではなく、「長幼の序」が決まらないと、日本人は円滑なコミュニケイションがそもそもできないからです。

蛇足《だそく》の蛇足で説明しておくと、政党の派閥という安定した「世間」が、「空気」になる瞬間がもうひとつあります。

派閥のボスが倒れたり、失脚した時です。その時、固定的で不動だった「世間」は、いくつかのルールを失い（場合によっては、「長幼の序」だけだったり、「贈与・互酬の関係」や「神秘性」や「共通の時間意識」までも失い）、流動化します。

そして、次のボスは誰だ？　誰が「長幼の序」のトップに立つのかと、人が集まれば、「空気」が生まれます。

その「空気」の読み合いや（誰が経済的に余裕があるのかという文字通りの「贈与・互

酬の関係」やカリスマ性という「神秘性」など)、決して表面に現れない水面下の根回しによって、ふたたび、「世間」が確定するまで、「空気」はあちこちに現れるのです。

「近所付き合い」も同じことが言えます。伝統的な地域共同体社会が続いている場所には「世間」が生まれます。どこに誰が住んでいて、誰が顔役なのかが分かっている「近所付き合い」では、「長幼の序」も「贈与・互酬の関係」も明確に機能しています。農村や漁村という利害関係が密接に絡んでいる地域になればなるほど、それは、強力になります。

けれど、新築マンションの管理組合とか新興住宅地の住民同士の付き合いでは、「世間」ではなく「空気」が生まれます。

それが、長い時間の中で、誰が年上で誰が年下か分かり、情報やアドバイスを中心に「贈与・互酬の関係」が起こり、やがてゴミ出しの世話や共同の清掃行事の開催という、生活レベルの「贈与・互酬の関係」へと深まり、地域の発展と行政との折り合いという意識が生まれれば「共通の時間意識」が育ち、「世間」になる場合もあります。

ただし、「世間」が高速度で壊れている現状では、そこまでの固定的な「世間」に飛び込むのを拒否して(そういう「世間」のルールに参加するのを嫌がって)、「空気」の段階で付き合いを止めておこうとする人も増えました。

都会の場合だと、そう考えている人の方が多いとも言えるでしょう。

それでは次に、「空気」を考える時に外してはならない本を確認しておきます。

山本七平の『「空気」の研究』

こんな文章があります。

驚いたことに、「文藝春秋」昭和五十年八月号の「戦艦大和」（吉田満監修構成）でも、「全般の空気よりして、当時も今日も（大和の）特攻出撃は当然と思う」（軍令部次長・小沢治三郎中将）という発言がでてくる。この文章を読んでみると、大和の出撃を無謀とする人びとにはすべて、それを無謀と断ずるに至る細かいデータ、すなわち明確な根拠がある。だが一方、当然とする方の主張はそういったデータ乃至《ないし》根拠は全くなく、その正当性の根拠は専ら《もっぱ》「空気」なのである。

これは、昭和52年（1977）に単行本として出版され、その後文春文庫になった山本七平《しちへい》さんの『「空気」の研究』の一節です。

山本さんは、編集者に「日本の道徳」についての意見を言った時に出合った、『うちの編集部は、そんな話を持ち出せる空気じゃありません』という発言に興味を持ちます。

「大変に面白いと思ったのは、そのときその編集員が再三口にした『空気』という言葉であった。彼は、何やらわからぬ『空気』に、自らの意志決定を拘束《こうそく》されている」

山本さんは書きます。「空気」は議論の結果出てきたものではないので、そして、人間はまさに「空気」から自由にはなれないので、それは「空気」だと言われてしまえば、もう反論できない。人間は「空気」を相手にすることはできないと。

そして、その極端な例として、「戦艦大和」の文章になるのです。

一人の日本人として、戦艦大和の沖縄への特攻出撃が合理的なデータや論理的な分析の結果ではなく、「空気」という言い方で説明されるということに、単純に驚きます。そして、胸つぶれる思いがします。日本のトップの軍人たちが、こういう思考方法を取らざるを得なかった事実に絶望するのです。が、それは、別の話。

山本さんは、「空気」の研究を続け、別な例を紹介します。

それは、ある大学教授の文章で、日本人とユダヤ人が共同で、イスラエルの古代の墓地を発掘し、大量の人骨や髑髏《されこうべ》を毎日、運び、投棄《とうき》しているうちに、ユダヤ人の方は何でもないのに、二人の日本人は完全におかしくなり、病人同様の状態になってしまった。が、日本人は、人骨投棄が終わると、二人ともケロリとなおってしまった、というものです。

骨は単なる物質なのに、そこから、なんらかの心理的・宗教的影響を受けた結果なのではないかと、山本さんは考えます。

つまり、物質の背後に何かが「臨在《りんざい》」していると感じ、知らず知らずのうちにその何かの影響を受けるという状態になっているのではないか、というのです。「臨在」とは、「まさにその場にいる」という意味です。

これが「空気の基本形」、つまりは「空気」が発生するメカニズムではないのか、と山本さんは考えます。

そして、「空気」とは、「対象の臨在感的把握《りんざいかんてきはあく》」によって生まれる、と結論するのです。対象であるものが、単にそのものではなく、その後ろに、何か霊的なもの、宗教的なものの、絶対的な何かが存在していると感じてしまう、ということです。

この「空気」という単語を外国語に訳せば、プネウマ、ルーア、アニマに相当するものである、と山本さんは言います。

旧約聖書にも出てくるルーア（ヘブライ語）の訳語がプネウマ（ギリシア語）で、その訳語がアニマ（ラテン語）であり、（この言葉から、アニミズムという単語が生まれ）日本では通常、この言葉を「霊」と訳している、とします。

「しかし原意は、希英辞典をひけば明らかなようにwind（風）、air（空気）である。『霊』という日本語訳聖書の訳語は明治のはじめの中国語訳聖書からの流用（？）だと思われるが、中国語の『霊』には、日本語の幽霊の『霊』のような意味合いはないそうで、その場合には『鬼』を使うそうである」

つまりは、どの国にも「空気」にあたる言葉はあるのだと山本さんは言うのです。ただし、「〝空気〟の存在しない国はないのであって、問題は、その〝空気〟の支配を許すか許さないか、許さないとすればそれにどう対処するか、にあるだけである」。

古代の文献には、旧約新約聖書も含めて、いたるところにこのプネウマは出てきていて、それは、「『人格的な能力をもって人びとを支配してしまうが、その実体は風のように捉えがたいもの』の意味にも使われている」のです。そして、古代の文献では、そういう「霊（プネウマ）の支配」があることを認め、それに対してどうすればいいのかを書いているのです。

一方明治的啓蒙《けいもう》主義は、「霊の支配」があるなどと考えることは無知蒙昧《むちもうまい》で野蛮なことだとして、それを「ないこと」にするのが現実的・科学的だと考え、そういったものは、否定し、拒否、罵倒《ばとう》、笑殺すれば消えてしまうと考えた。ところが、「ないこと」にしても、「ある」ものは「ある」のだから、「ないこと」にすれば逆にあらゆる歯どめがなくなり、そのため傍若無人《ぼうじゃくぶじん》に猛威を振い出し、「空気の支配」を決定的にして、つ

> いに、一民族を破滅の淵まで追いこんでしまった。戦艦大和の出撃などは〝空気〟決定のほんの一例にすぎず、太平洋戦争そのものが、否、その前の日華事変の発端と対処の仕方が、すべて〝空気〟決定なのである。だが公害問題への対処、日中国交回復時の現象などを見ていくと、〝空気〟決定は、これからもわれわれを拘束しつづけ、全く同じ運命にわれわれを追い込むかもしれぬ。

さらに、こんな文章もあります。

> 従ってわれわれは常に、論理的判断の基準と、空気的判断の基準という、一種の二重《ダブル》基準《スタンダード》のもとに生きているわけである。そしてわれわれが通常口にするのは論理的判断の基準だが、本当の決断の基本となっているのは、「空気が許さない」という空気的判断の基準である。

ここまで来て読者は、これは山本七平さんの文章なのか、「世間」を研究した阿部謹也さんの文章なのか、一瞬、分からなくなって来るのではないでしょうか。

「空気」に欠けている「世間」のルールとは

僕は、「空気」とは、「世間」を構成するルールのいくつかが欠けたものである、と書きました。

戦艦大和に関して語る「全般の空気よりして、当時も今日も（大和の）特攻出撃は当然と思う」というところで使われている「空気」は、「世間」のルールの何が欠けているのでしょうか。

この問いに直接答える代わりに、この文章を「空気」を使わずに、「世間」を使って言い換えてみます。

「全般の空気よりして」を「世間の判断」にして言い換えてみると――。

「世間の判断として、当時も今日も（大和の）特攻出撃は当然と思う」

この場合の「世間」とは、あえて言えば、「海軍という世間」か、「日本という世間」でしょう。

この文章と、「全般の空気よりして、当時も今日も（大和の）特攻出撃は当然と思う」の二つを比べてみると、あなたはどういう違いを感じますか？

僕は「世間」の文章の方が、決定が不動で確固たる印象を持ちます。

「空気」の方は、その瞬間の圧力は圧倒的でも、それが将来にわたって持続するかどうかの保証はない、という感じがします。

「世間の判断」は、正しいか間違っているかは別にして、永続して変わらない。一方「全般の空気」は、その瞬間には不動のものなのだが、将来的には変わるかもしれないという可能性を感じている、という印象です。

つまり、この場合の「空気」は、「世間」のルールのひとつ、「共通の時間意識」が揺らいでいるのではないかと感じるのです。

「世間」の判断を、将来にわたって共有し、維持し、同じ時間を生きるという保証が危ういと感じる時、人は、「世間」ではなく、「空気」という言葉を選ぶのではないかと思うのです。

「世間の判断」という言葉を、持続する保証のない言葉、「世間の思い」に変えると、文章のニュアンスは、もっと、「空気」に近づきます。

「世間の思いとして、当時も今日も（大和の）特攻出撃は当然と思う」

「思い」は、変わる可能性があるから、「空気」と似たニュアンスが生まれるのです。「共通の時間意識」がなくなったのではなく、なくなるかもしれない、という予感があるということです。

結果的になくならないかもしれない。けれど、少なくとも、揺らぐ予感がある、という場合に「空気」という言い方がぴったりくるのではないかと感じます。

別の言い方をすれば、「世間」が判断した「差別的で排他的」な決定が、時間がたつうちに変化するのではないかと予感する場合に、私たちは、「空気」という単語を無意識に使っているのではないのか、ということです。


「うちの編集部は、そんな話を持ち出せる空気じゃありません」という、最初に山本さんの注意を引いた言い方も、この「空気」のニュアンスは、「編集部という『世間』が解体したり、なくなったりすることはないんですね。でも、『世間』が決めたことは、時間がたつうちに変わるかもしれないんです。みんなが同じ思いではなく、違う思いを持つ人が多くなって、判断が変わるかもしれません。でも、今の決定は、圧倒的なんです。絶対に変わらないという保証も変わるという保証もありません。将来、ひょっとしたらその意見は、オッケーになるかもしれません。でも、今はダメなんです」ということです。

「うちの編集部は、そんな話を持ち出せる世間じゃありません」という言葉には、決定は変わらないという確信を感じます（この言い方は、日本語として少々強引ではありますが）。

「うちの編集部は、そんな話を持ち出せる空気じゃありません」には、まだ「変化の可能性」を感じるのです。

あえて「空気」という言葉を選ぶ話者の意図として、ずっとその決定を維持するような編集部であって欲しくない、将来的には、その決定を見なおし、先生の意見も受け入れる可能性を期待したい、変化する編集部であって欲しい。そういう意識で、「空気」という表現を使っていると考えられます。

逆に、意地悪に取れば、言い訳のために使っているとも考えられます。おそらくこの決定は、「世間」として変わらないのだけれど、それを「世間」と言ってしまうと、身も蓋《ふた》もなくなるので、その直接性をぼやかすために、「空気」と言っておこう、という場合です。

「空気」と言えば、「いつかは変わるのかな」と期待する人も出てきて、反発が抑えられるという処世術です。

ある決定を伝える時、その根拠として、「そういう空気なんだよ」と言うよりも、「それが世間なんだよ」と言ってしまう方が、反発は大きいと予想されるのです。

もちろん、決定は将来的に変わるかもしれないし、変わらないかもしれません。そして、「共通の時間意識」にほころびを感じたとしても、その瞬間の「空気」にはなんの揺らぎもありません。「空気」は、その瞬間には、圧倒的に存在するのです。

整理すれば、「空気」とは「『世間』の五つのルールのうち、何かが欠けているか、揺らいでいると感じられるもの」ということになります。
「世間」の何かが欠けてたり、「共通の時間意識」が不安定になっているものが「空気」なのです。

僕はそれを〝流動化〟と呼びました。

何かが欠けている、揺らいでいる、という意味で、不完全とか不安定という言い方をしなかったのは、不完全・不安定という言葉には、「甘い」とか「足らない」「弱い」というニュアンスがあると感じるからです。

「空気」は決して弱いものではありません。その瞬間の力は圧倒的です。構成の面から見て不完全・不安定と呼んでも、その持っている力は、「世間」と変わらない場合がありま す。

なので、僕は形態として〝流動化〟していると考え、「空気」は「世間」が流動化したものである、と言おうとしているのです。

ですから、「空気」は欠けているものがやがてそろって「世間」になることもあれば、「空気」のままで消えたり、変わっていく場合ももちろんあります。

「臨在感的把握」と「神秘性」について

「共通の時間意識」が揺らいでいるだけで構成するルールは同じですから、山本さんがあげている「空気」の例は、じつは、「世間」のルールで説明できます。

対象に対して、それが対象そのものではなく、その背後になにかが臨在しているかのように、つまり臨在感的把握を持ってしまうというのは、その対象に「神秘性」を感じるということです。

そして、その「神秘性」が生まれる理由は、「世間」の三つの原理が働いているからです。

山本さんが例に出した、イスラエルで人骨を投棄することでおかしくなった二人の日本人の例を考えてみます。

海外に出ると、日本人はとりあえず、自分の所属している「世間」からは自由になります。この二人のように、日本人社会からも離れ、日本人グループもなければ、完全に「世間」と離れます。

と言って、「世間」に代わる共同体、例えば現地人のコミュニティーなど、新たな世界を手に入れるわけではありません（この文章が書かれた1970年代は、今よりもそうでしょう）。

そこに、人骨という「世間」の根幹に触れるようなものが出てきたのです。

なぜなら、人骨は葬式につながり、葬式を大切にするということは、「贈与・互酬の関係」であり、「共通の時間意識」であり、「長幼の序」ということです。もちろん、人骨は「神秘性」そのものです。

結婚式や誕生パーティーを欠席するより、葬式に出ないことの方が何万倍も「世間」では失礼なことになる、という現実が、葬式をいかに重要なことだと捉えているかの証拠です。「世間」の儀式性の頂点には、葬式があるのです。

一度も会ったことのない社長の親の葬式に駆けつける社員は普通にいますし、一度も会ったことのない偉い人の家族の死に弔電《ちょうでん》を送ることも「世間」では、珍しくありません。

そんな葬式の象徴である人骨が出てくる。そして、自分たちは、研究サンプル以外は毎日、捨て続けている。自分の属している「世間」では、一番大切なものだと思っている葬式に関するものを、捨て続けている。その行為が自分でも理解できず、その行為をどう捉えていいか分からず、二人の日本人が、まさに、自我崩壊（アイデンティティー・クライシス）に襲われたのは、容易に想像できます。

なぜなら、日本人の自我を支えているのは、自分が所属している「世間」だからです。

「世間」が、価値を決めるのです。何が大切で、何を守るべきで、どういう人生が称賛されるかを決めるのは、「世間」なのです。その「世間」が大切にしている人骨を投棄し続けることで、自分は何を信じ、何を頼って生きたらいいのか、混乱したのです。

ここで、強引に日本の「世間」を持ち込み、イスラエルの地なのに、人骨を捨てるたびに、僧侶がお経をあげていれば、二人の日本人は自我崩壊を迎えなくてもすんだと考えられます。それでも症状がおさまらなければ、もっと大勢の日本人を呼び、そこを強引に日本の空間に変え（日本村キャンプとして）、つまり「世間」を強引に出現せしめ、その中で読経を聞けば、自我は安定したはずです。

もちろん、一神教の神に自我を支えてもらっている欧米人は、夜、一人一人が神に祈ればすむのです。

そして、キリスト教は、誰とも分からない人骨を神秘的と捉える呪術的な考え方を、1000年近く前に否定したのです。人骨にこだわるのは、悪魔の思想だとしたのです。

日本人は戦争中の遺骨を南の島のジャングルの奥深くまで探しに行きますが、真珠湾では戦艦アリゾナの1000人を超える乗組員の遺体は、いまだに海底に沈んだままです。

そして、アメリカ人は、そのことと死者を深く弔《とむら》うことは、まったく別のことと考えているのです。

差別意識のない差別の道徳

『「空気」の研究』の冒頭、編集部員が「うちの編集部は、そんな話を持ち出せる空気じゃありません」と発言したのは、山本さんが「日本の道徳は差別の道徳である」として、こんな発言をしたからです。

私は簡単な実例をあげた。それは、三菱重工爆破事件のときの、ある外紙特派員の記事である。それによると、道路に重傷者が倒れていても、人びとは黙って傍観している。ただ所々に、人がかたまってかいがいしく介抱していた例もあったが、調べてみると、これが全部その人の属する会社の同僚、いわば「知人」である。ここに、知人・非知人に対する明確な「差別の道徳」をその人は見た。

三菱重工爆破事件と言っても、若い読者は知らない人も多いと思います。

1974年8月30日に東京丸の内で発生した、東アジア反日武装戦線「狼」による無差別爆弾テロ事件です。死亡8名、爆発と飛び散ったガラス片などで重軽傷者は、通行人を含む376人という、戦場のような凄惨《せいさん》を極めた現場でした。

ここまで、この本を読んだ人なら、この時、知人・非知人を区別したのは、「差別の道徳」というより、「世間」の特徴ではないかと理解されるでしょう。

「差別的で排他的」な「世間」のルールが、爆発現場で発動したということです。当時は今よりも「世間」は、はるかに強力だったと思います。

「差別の道徳」という言い方は、微妙にズレていると僕は思っています。

それは、本人たちの中に、苦しんでいる人たちを意識的に「差別」し、無視するという気持ちがあったとは思えないからです。

それは、電車で一人元気に駆け込み、後から来る仲間たちのために席を取るおばさんと同じです。おばさんは、意識的に周りの人を無視したのではなく、周りの人の存在を意識しなかっただけなのです。

もうひとつ、この時のニュースフィルムを僕はよく覚えていますが、吹き飛んだ窓ガラスが全身に突き刺さり、血まみれで苦しんでいる人がたくさんいました。そういう人に、駆け寄り、なんと声をかけ、どんな応急処置をすればいいのか、すぐに判断できる人はなかなかいないでしょう。

できることは、同じ「世間」に属している仲間のもとに駆け寄り、ただ、慰め、勇気づけるか、ただ、オロオロと見ることぐらいです。

「世間」に生きている日本人は、外国でのパーティーに関して書いたように、自分の「世間」以外の人、つまり「社会」に生きる人に話しかける言葉をなかなか持ってないのです。ですから、自分の「世間」ではなく「社会」に属している倒れている人に、簡単には声をかけられないのです。

欧米に行って感動するのは、後から来る人のために、必ず、ドアを手で押さえて通り過ぎることです。後ろから来る人が、ドアに手をかけたのを確認してから、みんな、離れます。デパートの入口も、オフィスでも、アパートの玄関も、誰かれとなく、普通にやります。

日本では、後から来る人のために、ドアを押さえている人はまれです。みんな、自分が通った後、後ろの人のことをまったく気にしないまま、通過します。大きく動いて戻ってきたドアにぶつかりそうになることも珍しくありません。

マナーのまったくない、道徳的に最低の国民なのでしょうか？

ここまで読んだ人なら、もうそれは違うと分かるでしょう。後ろから来る人は、「社会」に属している人だから、無関心なだけなのです。「世間」に属している人が後から来たら、立ち止まってとても気にするでしょう。

電車の席を譲ることについて、第2章に書きましたが、もうひとつ、日本と欧米で特徴的に違うことがあります。

日本人は、席を譲った後、ほとんどの場合、譲った人は、その場から離れようとします。声をかけ、どうぞ座って下さいとお年寄りの方に話しかけた後、立ち上がった人は、その譲った場所から移動しようとするのです。

もちろん、満員電車など、移動が難しい場合はそのままですが、その時は、目の前に座った譲った相手と、短い会話の後は無意識に目を合わさないようにします。

日本人のあなたなら、この感覚が理解できると思います。軽いバツの悪さというか、恥ずかしさというか、居心地の悪さ。つまり、相手とその後、どう接していいのか分からない、小さな戸惑いの感覚です。

あなたは、勇気を出して、「どうぞ」と声をかけます。それは、あなたと同じ「世間」にいる相手ではなく、「社会」に生きる相手です。

その相手が、にっこりと微笑み、「ありがとうございます」とでも返してくれたりすると、相手はただの「社会」の一員ではなくなります。

といって、もちろん、あなたと同じ「世間」に住むメンバーでもありません。依然として、「社会」に生きる人です。けれど、日本人は、まだまだ、にっこりと微笑む「社会」

に属する相手との言葉のやり取りに慣れてないのです。

慣れているのは、にっこりと微笑む同じ「世間」に生きる相手か、事務的な会話しかしない「社会」に生きる相手です。

欧米のスーパーに行って驚くのは、自分の順番になった時、レジの店員に向かって、必ず、お客さんが「ハーイ」と微笑み、レジの店員も「ハーイ」と返すことです。

お客さんが微笑まなかったり、声をかけなかったりすれば、レジの店員が必ず声をかけます。先に声をかけるレジの店員も普通にいます。

つまり、そこでは、お互いが声をかけ、お互いの目を見て、短い時間を共有することが当然のことになっているのです。

もちろん、やっていることは、商品のバーコードを機械に読み取らせ、金額を告げ、お金やカードを受け取るという、日本とまったく同じことです。が、欧米のレジでは、それをする前に必ず、微笑み合うのです。

それは、もちろん、相手を確認するという意味もあります。日本よりはるかに早く格差社会を経験した欧米では、相手がちゃんとした人間で、ちゃんとした支払い能力があるか、ちゃんとした社会生活を送っている人間か、ということを確認する必要があったのです。

そのためには、まず、お互いが目と目を合わせ、会話することで、同じ「社会」に生きているると確認するのです。

一方、日本のスーパーやコンビニでは、お客さんも店員も、まず視線を交わしません。店員がお客さんを見ても、お客さんが見返すことはあまりないでしょう。まして、「こんばんは」などと声を掛け合うことはほとんどありません。

いえ、あなたは「いらっしゃいませ」と繰り返すコンビニの店員さんがいるじゃないかと思ったでしょうか。

残念ながら、あれは、お客さんに話しかける言葉ではありません。あれは、ただの「独《ひと》り言」です。マニュアルに書かれているから、とりあえず声に出している、にこやかな「独り言」なのです。

ファミレスの「いらっしゃいませ。○○へようこそ」も、ファーストフードの「ただいまキャンペーン中の△△シェイクはいかがですか?」も新古書店の「いらっしゃいませ、こんにちは!」も、すべて、日本人の場合は微笑んだ元気な「独り言」です。

それは、欧米のレジで、「ハーイ」と声をかけられれば、よく分かります。そこには、ちゃんとした感情と言葉と視線のやり取りがあるのです。

「独り言」を繰り返すコンビニの店員やスーパーのレジの人を見て、日本人は社交的でない、と欧米人は結論を出すのですが、その後、電車の中にバッグを忘れたフランス人のように、やっぱり戸惑うことになります。

なぜなら、レジの店員も客も、お互いが「社会」に属していると思っているから独り言を繰り返しているだけで、なにかのきっかけで相手と会話が始まり、相手が自分と同じ「世間」に属していると思えば、日本人は急に態度を変えるのです。

「商店街の八百屋さんに対する日本人の態度と、レジの店員に対する日本人の態度の違いが理解できない。日本人は、スーパーやコンビニの店員を、商店街の人たちより一段低く見ているのか⁉」と、日本に来た外国人は驚きますが、相手が「世間」に属するのか「社会」に属するのか、というだけのことなのです。

欧米では、電車で席を譲った後、ごく自然に相手が立っていた場所、つまり、座った人の前に立ちます。話してもいいし、話さなくてもいい。そこには、「どうしよう」という戸惑いはありません。微笑みかけられて、会話を続けた方がいいんだろうか、沈黙は気まりだしなと、気を回す戸惑いもないのです。

欧米人は、「社会」に属する人と自然に付き合う社交術が身についているのです。もちろん、それは、「世間」が約1000年前になくなり、すべて、「社会」の人になったから、自然に獲得した技術なのです。

この「世間」と「社会」の関係は、後でさらに書きます。それが、この本のメインテーマのひとつなのです。

話は、三菱重工爆破事件に戻りますが、ですから、「世間」という区分けを失った（おそらく欧米の）特派員が、「社会」に属する人たちに対してとった日本人の態度に驚くのは、当然なのです。

そして、それは、もちろん、「世間」の特徴、ルールからすると、「差別的で排他的」ということになります。

そういう意味では、あえて「差別の道徳」と言ったとしても、それは、「差別意識のない差別の道徳」なのです。

第4章　「空気」に対抗する方法

「空気」の絶対化

さて、話を「空気」に戻します。

山本七平さんは、いろんな場面で、対象を臨在感的に把握し、そうすることで絶対化し、そこに抵抗できない「空気」が出現するという事例をあげていきます。

例えば、死んだ人の写真を先頭に歩く「遺影《いえい》デモ」と呼ばれるものの圧倒的な威力。ただの写真のはずなのに、例えば企業のミスで死んだ人の写真、公害で死んだ人の写真、それらがデモの先頭にあると、それだけで、ちゃんとした議論ができないぐらいの圧倒的な「空気」を作り上げると書くのです。

そして、ただ紙に印刷されたものなのに、その記事を読む日本人は、その記事に紹介された写真を臨在感的に把握して、圧倒的な同情という「空気」を作るのです。

その「空気」に反論することはできません。「空気」は論理的な議論の結果出てきたものではないので、抵抗することができないのです。

さらに、言葉も日本人は臨在感的に把握していると書きます。

「『忠君愛国』から『正直ものがバカを見ない世界であれ』に至るまで、常に何らかの命題を絶対化し、その命題を臨在感的に把握し、その〝空気〟で支配されてきた」

この「空気」の圧倒的な力は、日本人であれば、容易に理解できると思います。だからこそ、この『「空気」の研究』も、発売当時、ベストセラーになったのです。

例えば、中学校や高校のクラブ活動では、すべてのものを臨在感的に把握します。僕が、中学生の時に入ったソフトテニス部では、先輩たちがコートに入る前と出る時に、コートに向かってお辞儀している光景を見て驚きました。相撲部や柔道部ならまだ分かりますが、テニスという西洋から来たスポーツでも、コートを神聖なものとして扱うことに衝撃を受けたのです。

ただのコート、ただの写真、ただの言葉、ただの会議、ただの椅子、それらがそれらの存在を超えて、その背後に宗教的な・霊的な・神秘的ななにかが存在するかのように感じ、そして、そこから、圧倒的な「空気」が生み出され、それに従い、場合によっては振り回される。

日本人なら、誰しも思い当たることがあると思います。

絶対化に対抗する相対的な視点

太平洋戦争の例を持ち出すまでもなく、論理的に反論できない「空気」に従っていると、国民全体が滅んでしまう場合だってあるのですから、なんとかこの「空気」に対抗する手段を見つけないといけないと、山本さんは考えます。

そのためには、どうしたらいいのか——。

じつはここでも、山本さんと阿部さんの使う言葉は似ているのです。

阿部さんは、「世間」の原理を追究したのは、「世間」を相対化するためだとします。「世間」とは何か、「世間」とはどういうメカニズムで動いているのか、「世間」の本質とは何か、それを追究することは、「世間」を相対化することです。

つまりは、「世間」を絶対的なものとしないで、相手の正体を見極めていくことです。そうすることで、ただ、単純に「世間」に振り回されることを避けようというのです。

そして、山本さんも、「われわれはここでまず、決定的相対化の世界、すべてを対立概念で把握する世界の基本的行き方を調べて、〝空気支配〟から脱却すべきではないのか。ではどうすればよいか、それにはまず最初に空気を対立概念で把握する〝空気《プネウマ》の相対化〟

が要請されるはずである」と書きます。

どんなに絶対的だと思われることも、相対的な視点で理解すべきだというのです。「すべてを対立概念で把握する世界の基本的行き方を調べて」と山本さんは書きます。それは、一神教による世界、この場合は、キリスト教やユダヤ教の世界のことです。

一神教では、神の言葉だけが絶対で、それ以外は相対化されます。

アンデスの山に不時着した飛行機の事件を思い出してもらいたいのですが、あの時、「生き延びるために人肉を食べていいのか？」という問いかけに対して、大切なのは、神がなんと答えるか、だけです。それ以外の言葉はすべて、絶対的な言葉ではありません。

他の乗客が何を言おうと、すべての言葉は相対化できますし、実際に、相対化されます。

けれど、日本人の乗客の場合は、あらゆる言葉が絶対的になります。「世間」が神ですから、そこで話される言葉が、絶対的な力を持って一人一人に迫ります。「長幼の序」のルールによって、年配の人の発言が絶対的な重みを持つようになるかもしれません。

アメリカから「ディベート」という方式が日本に入った時、多くの日本人は衝撃を受けました。それは、相対化の見事な見本だったからです。

「中学生は携帯電話を持っていいか？」というテーマなら、まず「持っていい」という視点で主張し、時間が来たら立場を変えて、「持ってはいけない」という視点で主張する。

自分の意見を、百八十度変えて、議論するというシステムは、日本にないものでした。日本人は、集団の決定が、まさに「臨在感的把握」によって絶対化することに慣れていたので、同じ人間がどちらの立場も積極的に主張するということに、なにか戸惑いを覚えたのです。

「世間」は「所与性《しょよせい》」、つまり、あらかじめ与えられたもので、運命的に存在しているものだと感じていた日本人は、自分の立場を、自分で百八十度入れ変えて主張する「ディベート」という方式を、とても異質に感じたのです。

あらかじめ言っておきますが、こうやって相対化できるからアメリカ人の方が成熟している、なんていう言い方を信じてはいけません。

彼らは、神のこと以外は、すべて、相対化の視点で語ることができるのです。

神だけが絶対である、すなわち、「人が口にする命題はすべて、対立概念で把握できるし、把握しなければならない」ということが一神教に生きる人たちの命題になるのです。

けれど、神のことに関しては、まったく相対化できません。この話は後述しますが、だからこそ、キリスト教福音派《ふくいんは》の信者は、神の教えに背《そむ》いたと、合法的に中絶手術をする医者を射殺するのです。ほんの少し前、アメリカで起こった事件ですし、これから先も起こりうる事件です。

「多数決」さえ絶対化する日本人

さて、山本さんは、そういう一神教の世界から、「空気」の支配を相対化する方法を学ぼうとします。

たとえば義なる神が存在するなら「正義は必ず勝つ」という命題がある。この命題は相対化できそうもないが、しかし彼ら（一神教を信じる人たち　鴻上注）は言う、「では、敗れた者はみな不義なのか。敗者が不義で勝者が義なら、権力者はみな正義なのか」と。「正しい者は必ず報われる」という。「では」と彼らは言う、「報われなかった者はみな不正をした者なのか」と。（中略）「正直者がバカを見ない世界であってほしい」「とんでもない、そんな世界が来たら、その世界ではバカを見た人間は全部不正直だということになってしまう」

こうして、すべてを対立概念で理解すれば、ひとつの「空気」が絶対的な意味で生まれることはないだろうというのです。

とは言いながら、一神教の彼らの世界にも「空気」は生まれ（1000年前には、「世間」まであったのですから）、彼らは、あらゆる方法で「空気」の支配を防ごうとしたと書きます。

そのひとつが、西洋で生まれた多数決原理なのですが、それが日本ではうまく機能していないのは、二大政党制を夢見て、強引に「小選挙区制」に変えてみたけれど、感情的対立と膨大な死票と、議論ではなくムードしか生まない現状が明確に説明していると、僕は思っています（明確な対立が不得手な日本人には、中選挙区制の方が合っていると僕は〝確信〟しているのです）。

ちょっと寄り道なのですが、山本さんが多数決原理に関して説明している文章が感動的です。

多数決原理の基本は、人間それ自体を対立概念で把握し、各人のうちなる対立という「質」を、「数」という量にして表現するという決定方法にすぎない。日本には「多数が正しいとはいえない」などという言葉があるが、この言葉自体が、多数決原理への無知から来たものであろう。正否の明言できること、たとえば論証とか証明とかは、元来、多数決原理の対象ではなく、多数決は相対化された命題の決定にだけ使える方法だからである。

日本人は、つい、「世間」のルールでいうところの「神秘性」を対象に見出す傾向があり、それは同時に、「空気」が生まれるメカニズムでいう「対象の臨在感的把握」ということで、「多数決原理」というものを、なにか、万能のシステムのような、宗教的正しさをもったものとして見てしまう傾向があるのです。

その結果、反動として「多数が正しいとはいえない」という言葉が出てしまうのですが、山本さんは、多数決原理とは、そもそも、人間の内部の意見の対立を、相対化して、数として表現するだけのものだというのです。

なおかつ、日本人は、そんな多数決原理さえ、人々の真意を表すようには使ってないと、山本さんは書きます。

会議であることが決定して、散会した後、各人は飲み屋などに行き、そして、「職場の空気」がなくなって、「飲み屋の空気」になった途端、「あの場の空気では、ああ言わざるを得なかったのだが、あの決定はちょっとネー……」といったことが「飲み屋の空気」で言われることになり、そこで出る結論はまったく別のものになる、ということです。

心当たりのない日本人はいないでしょう。そうなんだよなあと頭をかきながら、「でれが日本人よ！」と胸を張って言ってしまうと、議論も多数決もまったく無意味になってしまいます。

一昔前、カルチャーギャップのコメディー、外資系の会社を舞台にしたストーリーは、みんな、この「会議とは意見が違う日本人」をネタにしていました。

「小選挙区制」が日本で充分に機能しないのは、選挙区が小さくなったことから、一人一人の有権者が、「中選挙区」よりはるかに候補者や政党と密接につながることが原因です。

そうすると、義理や人情や利益誘導というさまざまなしがらみが濃密になってきます。

そこでは、自分の意志を越えた「世間」が個人を強烈に縛《しば》り始めるのです。

そうすると、「空気」や「世間」を相対化するための選挙、つまり多数決原理が、まったく有効に働かなくなるのです。

小さな村などで、「村長選挙で村が二分して、村の人間関係が壊れてしまった」というのは、日本では普通に聞くことです。相対化するために選挙をするのではなく、絶対化するために選挙をするので、こんなことが起こるのです。

村会議員が、無風で、投票なしに決まる村というのも、日本では珍しくありません。選挙になったら、人間関係が壊れると、村人は思っているのです。

けれど、日本人自体が、「会議の決定と本音がまったく関係ないのなら、なんのための長時間の会議なんだ？」と思い始めていると僕は思っています。そして、その現状にうんざりし始めていると思っているのです。無風の村会議員の選挙に抗議した人が立候補した、という知らせも珍しくなくなりました。

議論を拒否する「空気」の支配

山本さんは、単純に「相対化」と言っても、多数決原理さえすぐに無効になって、どんどんと絶対化が始まるのが日本だと、話を続けます。

これが最もはっきり出てきているのが太平洋戦争で、「敵」という言葉が絶対化されると、その「敵」に支配されて、終始相手にふりまわされているだけで、相手と自分とを自らのうちに対立概念として把握して、相手と自分の双方から自由な位置に立って解決を図るということができなくなって、結局は、一億玉砕《ぎょくさい》という発想になる。そしてそれは、公害をなくすため工場を絶滅し、日本を自滅さすという発想と基本的には同じ型の発想なのである。そして空気の支配がつづく限り、この発想は、手を替え品を替えて、次々に出てくるであろう。

相手を批判するうちに、批判する言葉が絶対的なものになってしまって、批判していた本人自身がにっちもさっちも動けなくなる、という状況が日本では普通の光景だということです。

日照権を巡るマンション訴訟も、隣人との土地の境界線訴訟も、企業に対するクレームも、戦いそのものが絶対化してしまい、戦わなければいけないという「空気」に支配されて、相手との交渉が自分自身できなくなる、という現状です。自分自身が自分で作り上げた「空気」に支配されて、がんじがらめになって動けなくなる、ということです。

そして、結果は、相手に対する100％の勝利か0％の負けかという、相手を殺すか自分が死ぬか、という絶対的な選択しかないと思い込んでしまうのです。

この前、ニュースを見ていたら、神奈川県の屋内禁煙条例に関して、公聴会で分煙派と禁煙派の討論が映されていました。分煙を主張する旅館の経営者が、「旅館の自分の部屋の中では、泊まり客は吸えるようにしてほしい」と壇上《だんじょう》で語った瞬間、客席から、女性の「人殺し！」という声が飛びました。

僕は、5年以上前にタバコをやめました。今では、隣の席の煙が漂《ただよ》ってくると、気持ちが悪くなります。そんな僕でも、「人殺し！」は、あんまりだと思います。

ここには、議論しようという姿勢はありません。相手を完全につぶす、という思いだけです。そして、最も怖いなあと思ったのは、「人殺し！」と会場から声が出ても、他の参加者はなんの反応もしなかったことです。「人殺し！」というものすごい言葉が、なんの抵抗もなく受け入れられている現状に衝撃を受けたのです。

おそらく「人殺し！」と叫んだ女性は、普段から、喫煙者の行動に怒り続けているはずです。人込みの中で勝手に吸われ、レストランでは分煙とは名ばかりの近さで副流煙にむせ、指に挟《はさ》んだまま道路を歩いている人の吸いかけのタバコが子供の顔に当たりそうになる、そんな許しがたい体験を経て、タバコを絶対悪として「臨在感的把握」しているのだと思います。

けれど、どんなにひどい目に遭っていたとしても、自分の意見を演壇で話している人に向かって、「人殺し！」と叫ぶことは許されることではありません。

そこには、なんの相対化もありません。自分の感情に対しても、相手を説得しようとする理論に対してもです。

日本が銃社会なら、「人殺し！」と叫ぶことと、演壇に向かって銃が撃たれることは、地続きでしょう。銃は「空気」の圧倒的支配のもと、あっという間に、発射されるはずです。そして、みんな、「今どき、タバコを擁護《ようご》するんだから、殺されてもしかたがない空気だよね」と、普通の顔をして言うのです。

「空気」の支配は、議論を拒否するのです。それが自分にとって都合がいいと思っていても、必ず、都合の悪い「空気」が支配的になる時が来ます。どんなに怒っていても、議論を放棄して「空気」の支配に身を任せてはまずいのです。いつかきっと、強烈なしっぺ返しが来るのですから。

「裸の王様作戦」

山本さんは、「水を差す」という言い方で、この「空気」の支配に対抗しようとします。「水を差す」というのは、場がひとつの「空気」で固まり、その方向に進もうとする時、その支配を打ち破る行為です。

と、難しそうに書いていますが、単純な例では、誰かが旅行に行こうと言い出し、グループ全体が旅行に行くのが当然となった時に、「でも、お金がないんだよね」と一言、言う行為が「水を差す」ということです。

うまく作用すれば、「空気」の支配を破ることができます。

山本さんは戦争の例を出しています。

戦争直後「軍部に抵抗した人」として英雄視された多くの人は、勇敢にも当時の「空気」に「水を差した人」だったことに気づくであろう。従って「英雄」は必ずしも「平和主義者」だったわけではなく、〝主義〟はこの行為とは無関係であって不思議でない。「竹槍戦術」を批判した英雄は、「竹槍で醸成《じようせい》された空気」に「それはB29にとどかない」という「事実」を口にしただけである。これは（中略）その「空気」を一瞬で雲散霧消してしまう「水」だから、たとえ本人がそれを正しい意味の軍国主義《ミリタリズム》の立場から口にしても、その行為は非国民とされて不思議でないわけである。

不況の中、無理なノルマや膨大な残業を課せられる社員が増えています。「気合だ！」とか「ガッツだ！」「愛社精神だ！」「死に物狂いでがんばれ！」という、日本人が大好きな絶対化した命題によって、圧倒的な「空気」支配の中で、過労死やうつから自殺を選ぶサラリーマンが増えています。

そういう「空気」に対して、「水を差す」自由を確保しようと、山本さんは言うのです。軍のたとえが面白いのは、平和主義者ではなく、軍国主義者であるからこそ、「竹槍ではとどかない」と「水を差す」場合があるということです。

この方法は、うまく使えば有効かもしれません。会社を批判しているわけでもなく、仕事が嫌でもない、いや、それどころか、仕事をしたいと思っている、という身振りを演じるのです。そして、悔しいけれど、このままでは、このノルマは達成できない、なぜなら「この商品がもうちょっと○○であれば」と「水を差す」のです。その指摘が効果的に働けば、残業150時間は当たり前、ノルマが達成できなければ自腹で買う、という圧倒的な「空気」の支配を揺さぶることができるかもしれません。

問題は、臨機応変に、なんと「水を差す」か、ということです。

つまりこれは、「裸の王様作戦」ということです。

王様の着ている服はバカには見えないんだという圧倒的な「空気」の支配によって、王様は裸と言えない、自分だけが見えないとは言えない。

そんな時、子供が「王様は裸だ！」と「水を差す」。

なんと劇的な「水の差し」方でしょう。その瞬間、「空気」は一気に消え去るのです。

けれど、この話は、子供が叫んだから成立したとも考えられます。子供の無邪気な声で叫ぶからこそ、大人たちはハッとして、バカだと思われないように黙っていた自分を恥じるのです。

この時、大人が「王様は裸だ！」と叫んだとしたら、どうでしょう。

この場合は、その時の「空気」の強さによるでしょう。

有能な司会者がいない番組の不安定な「空気」の時は、大人の一言でも、「空気」を消し去ることは可能かもしれません。

王様自身が、透明な服のことを疑い、不安そうな顔をして、そして、取り巻きの人たちもどこか困惑した雰囲気がある時は、大人の「王様は裸だ！」の一言が、不安定な「空気」に「水を差す」ことができるでしょう。

けれど、王様の作り出す「世間」が強力で、そして、裸の王様の顔も自信に満ち、強力な「空気」が漂っている時は、「王様は裸だ！」と叫んだ大人は侮辱罪《ぶじょく》か反逆罪で死刑になるかもしれません。「空気」はまったく揺るがないからです。

物語の場合は、子供という権威と無関係な存在が叫んだからこそ、王様と大人たちが作った「空気」に「水を差す」ことができたのです。

ある集団が、圧倒的な「空気」支配のもと、批判を許さない絶対的な方向に走り出しそうな時、効果的に「水を差す」ことができたら——。

知恵者がいれば、例えば、子供にあたる人間に発言させる、なんて方法を取るかもしれません。自分が批判しても無力だし、攻撃されるから、集団の中で子供のように思われている存在、新人ＯＬとかパートのおばちゃんに、なにげなく言ってもらう、なんていう戦略があるかもしれません。

ともあれ、「裸の王様作戦」は、「空気」が不安定な時は、有効だと感じます。

山本さんは、「水を差す」という言い方の有効性を感じながらも、同時に、「しかし、この『水』とはいわば『現実』であり、現実とはわれわれが生きている『通常性』であり、この通常性がまた『空気』醸成の基であることを忘れていたわけである」と苦渋《くじゅう》に満ちて書きます。

通常性とは、意識しようとしまいと続いていく日常性のことです。

そして、「空気」の支配に対抗する手段として、次のように書きます。

——まず〝空気〟から脱却し、通常性的規範から脱し、「自由」になること。この結論は、だれかが「思わず笑い出そう」と、それしか方法はない。

そしてそれを行いうる前提は、一体全体、自分の精神を拘束しているものが何なのか、それを徹底的に探究することであり、すべてはここに始まる。

「空気」の世界は理屈のない世界

「空気」に対する有効で確実な対抗法があるのなら、日本社会はもっと変わっていたでしょう。軍のインテリたちが、戦う前から必ず負けるとあらゆるデータから分析していた太平洋戦争にも突入しなかったはずです。

けれど、日本社会は、理屈ではない「空気」を選んだ。山本さんが繰り返し、「空気」を問題にするのは、自分も従軍して苦しんだ太平洋戦争の記憶があるからだと思います。

あらゆるデータを駆使して、いかに無謀な作戦かを主張しても、その議論とは関係のないところで、「そういう空気だから」と言われては、明日から何を根拠に生きていけばいいのか分からなくなります。

それは、呪術と霊魂が支配する、スピリチュアルの世界です。そこでは議論がムダで、会話がムダで、理論的追究がムダです。

そんな世界は、命令する側はまだ堪《た》えられても、命令され生死をかける側はたまったもんじゃないでしょう。

もっと下世話《げせわ》に言えば、それは、血液型と星座と四柱推命《しちゅうすいめい》と先祖の因縁《いんねん》だけで成立している人間関係です。別れたのは、人生観がズレていたのでも、性格が違っていたのでもなく、ただ血液型と星座が合わなかっただけだ、と結論する関係です。

「血液型と星座が合わなかったから」と言って相手を捨てる側は平気かもしれませんが、そう言われて捨てられる側は、たまったもんじゃないのです。

僕は、山本七平さん（１９２１～91年）と、阿部謹也さん（１９３５～２００６年）が、これほど似通《にかよ》った追究をしながら、生前、なんらかの交流はなかったのかと、不思議になります。僕がただ知らないだけで、お二人の著書にはお互いの「空気」「世間」に対する言及があるかもしれません（僕は今のところ、発見できません）。

勝手に空想すれば、山本さんは、ジャーナリスティックであるからこそ、「空気」という、時代の風や匂いが敏感に反映される切り口から入ったのではないかと思います。

そして、阿部さんは学者であるからこそ、「世間」という、より根本的な部分から入ったのではないかと感じるのです。

山本さんは、生前、毀誉褒貶《きよほうへん》の激しい人でしたから、国立大学の学長までつとめた阿部さんとはお互い、別の世界に住んでいたのかもしれません。

第5章 「世間」が壊れ「空気」が流行る時代

中途半端に壊れている「世間」

「空気」とは、「世間」が流動化したものだ、という考え方に立てば、次の疑問「どうして、ここ数年、『空気を読め』という言葉が定着したのか？」や「どうして『世間』という言葉より、『空気』という言葉が多用されるようになったのか」ということも見えてきます。

そのことを考えるために、まず、「『世間』は中途半端に壊れていて、そして、この数年でさらに激しく壊れている」ということを確認したいと思います。

『孤独と不安のレッスン』に書いたことですが、「世間」が中途半端に壊れているということを感じる例として——。クラスや職場で、友だちから「最近、あんた、評判悪いよ」

と言われたとします。

もちろん、あまりいい気持ちはしません。思わず、「誰がそんなこと言ってるんだよ？」と聞き返せば、友だちは、「みんな言ってるよ」と答えたとします。

冷静に考えれば、「みんな」が言っているはずはないと、すぐに分かります。クラス全員、職場の人間全員が、積極的にあなたの悪口を言っているなんてことは、まずありえません。多くの人が言う場合はあるでしょうが、例外なく「みんな」などということは、まずないでしょう。

みんなが無視する「何もしない」いじめはあっても、全員が一人残らず積極的に悪口を言うようなポジティブないじめは、まずありません。そんなことが可能なクラスや職場があったとしたら、それは、かなり団結した特殊な集団です。

「みんな言ってるよ」と言われて、あなたは頭で考えたら、そんなことはありえないと思います。けれど、ちくりとします。確実に傷つきます。頭ではありえないと思いながら、「みんな」という言葉に傷つくのです。

この「みんな」とは、つまり、あなたの所属している世界、つまり、「世間」だと思います。「世間」がちゃんと機能していた時代は、「みんな言ってるよ」という言い方が成立したのです。「世間」が悪口を言う、ということは、本当に「みんな」が言うことと同じだったからです。

それは、例えば、「村八分《むらはちぶ》」という嫌な言葉として残っています。

「世間」は、火事と葬式以外、「村八分」にされた人との関係を積極的に絶ちます。火事と葬式も、人間的な優しさから例外にしているのではなく、火事は、延焼の危険があるからくい止めなければいけないし、葬式は、死体をそのままにしておいたり、中途半端な埋葬で終わらせてしまうと腐敗から伝染病が生まれてしまう可能性があるから、手伝っただけなのです。

その時、「世間」はまとまって、「村八分」の人に接しました。まとまらなければ、今度は自分が「村八分」の番になりますから、「世間」の決定に従ったのです。

その時は、「みんな言ってるよ」という言葉が「世間」の考えを表していたのです。

けれど、現代では、「みんな言ってるよ」という言葉を聞いても、それはみんなではないと分かります。7割か8割かもしれませんが、例外のない全員では絶対にないはずです。つまり、論理的には破綻《はたん》しています。なのに、言われるとちくりとします。「もうダメだあ！」という絶望的な気持ちにはなりませんが、けれど、ずきりとします。

それが、「世間は中途半端に壊れている」ということを表しているのです。

「世間」が完全に機能していれば、「みんな言ってるよ」と言われたら、もう、絶望するしかありません。

「世間」が完全に力を失っていれば、「みんな？　みんなが言うわけないだろ。英語で言えば、エブリバディーだよ。そんなわけないじゃん」と言って、鼻で笑って終わりです。

そのどちらでもない状況に、今の僕たちは生きていると僕は思っているのです。


ちなみに、「みんな言ってるよ」と言われて、あなたがどれぐらいずきりとするかで、あなたがどれほど安定した「世間」に住んでいるかが分かります。

この本を読んでいるあなたが、山奥の小さな集落に住んでいたり、少人数で特殊な職業の集団で働いていていたり、ものすごく狭い人脈の中で生活していたりしたら、「みんな言ってるよ」という言葉は、かなりの衝撃に感じるでしょう。クラスの中でいじめられていたりしても、やはり、ずきりとくるでしょう。

頭で考えれば、とてもおかしいことなんだけれど、「みんな」という言葉は胸を刺す。ちくりぐらいで終わる場合は、あなたは、かなり壊れかけた「世間」に住んでいるということなのです。

明治以降、舞台裏でしぶとく生き残り、力を持っていた「世間」が中途半端に壊れてきたのも、そして、２０００年代に入ってからの数年間で急激に壊れているのも、もちろん、理由があります。

ちなみに、ここ20年前後のゆるやかな崩壊の理由と、最近の激しい崩壊の理由は、違います。

「20年前後」というしごくあいまいな表現にしているのは、都市部と田舎では、それこそ、10年単位の時間差があるからです。

都市部ではもっと昔からですが、田舎では最近です。強引に平均すれば、その兆候がはっきりと感じられるようになったのは、1980年代の後半くらいでしょうか。

「僕のクラスは」と語らなくなった子供たち

僕は、演出家として、子役と呼ばれる子供と仕事をする時があります。その時、オーディションのために軽いインタビューをします。初めてインタビューをしたのは、1970年代末のことです。

その時は、まだ、「君のクラスはどういうクラスなの？」という質問は有効でした。こう尋ねると、「僕のクラスは、けっこうスポーツが好きで、クラス対抗の球技大会で優勝していて」と、クラス全体を考えて答えることが可能でした。

それが、ある時期から、「どんなクラスなの？」と聞いても、まったく答えられない子供が増えました。その代わりに、「僕のグループは……」と、自分の所属しているグループを語る子供が圧倒的になりました。

僕も、1980年代後半くらいから、「君のグループはどんなグループなの？」という質問に切り換えました。

クラス単位でなにかを考え、特徴を言える生徒がほとんどいなくなったからです。考えてみれば、クラスというのは、自分たちの責任で選んだ集団ではありません。それは、教師が決定した、いわば、外から決められたシステムです。まさに「所与性」を特徴とする「世間」そのものです。クラス構成は、クラス一人一人の意志とは無関係です。

なのに、昭和30年代から40年代、僕が小学生の頃は、「クラスの和」とか「まとまり」「団結」なんて言葉が当たり前のように使われていました。そして、誰もそれに対して疑問を持ちませんでした。

子供はクラスを、なんの疑問もなく自分たちが生きる典型的な「世間」と捉《とら》えていたのです。それは、つまり、大人たちが、自分自身が生きているもうひとつ大きな枠組みの「世間」に対して、なんの疑問も持たなかったということを、子供がそのまま引き受けたということだと思います。

子供は、大人の思考方法を意識的にも無意識的にもなぞるのです。

例えばそれは、NHKの『紅白歌合戦』の視聴率が、圧倒的に高かった時代と重なります。日本人は、大晦日《おおみそか》には、家族そろって『紅白歌合戦』を見る。そんな伝統的（？）慣習に、日本人が疑問を持たなかった時代です。

昭和38年（1963）の81・4％を頂点に、1980年代前半までは、ビデオリサーチ社が出した関東の視聴率はおおむね75％前後を維持しています。

が、1980年代後半は、50％台をさまようようになり、89年、初めて50％を割ります。この年、初めて2部制にした結果、第1部38・5％、第2部47％という結果になりました。これ以降、第2部がかろうじて50％を超えることはあっても、第1部、第2部通して50％を超える、ということはなくなりました。

ちょうど、子供たちの口から「僕のクラスは〜」という言葉が消えた時代と重なると僕は思っているのです。

NHKの『紅白歌合戦』がつまらなくなったのではありません。あなたも知っているように、日本人の好みが多様化しただけです。つまりは、「同質であること」を維持できなくなってきたのです。

「世間」がここ何十年かの間にゆるやかに壊れて来た理由は、都市化と経済的・精神的グローバル化です。

「世間」とは利害関係のある人々の全体

ここで、もう一度、阿部さんの「世間」の定義を確認します。

「世間」という言葉は自分と利害関係のある人々と将来利害関係をもつであろう人々の全体の総称なのである。具体的な例をあげれば政党の派閥、大学などの同窓会、花やお茶、スポーツなどの趣味の会などであり、大学の学部や会社内部の人脈なども含まれる。近所付き合いなどを含めれば「世間」は極めて多様な範囲にわたっているが、基本的には同質な人間からなり、外国人を含まず、排他的で差別的な性格をもっている。

（前掲『「世間」への旅』）

「世間」はまずは経済的なセイフティー・ネットとして機能していました。

阿部さんの定義、「『世間』という言葉は自分と利害関係のある人々と将来利害関係をもつであろう人々の全体の総称なのである」という言葉がまさにそれです。

「世間」を、万葉の昔から自分の想いに制約を課すものと感じても、それに従っている限りは、経済的に安定することができたのです。だからこそ、人々は「世間」に従ったのです。けれど、地域共同体社会が濃密に機能しなくなったことで、「世間」は、経済的セイフティー・ネットではなくなったのです。

かつては、村落共同体が「世間」を代表するものでした。村は、「世間」の掟《おきて》のもとに個人をしっかりと縛《しば》りました。それは、精神的なものという以前に、農作物の収穫という経済的な要請があったからです。

農村の「世間」は、まず、農耕の生命線である「水利」を決めました。水をどういう順番で、どれぐらい、それぞれの田畑に流すか。それが、村の最大の課題でした。水を巡って、隣村との生死をかけたトラブルも普通にありました。

村では、次に、一斉の田植え、一斉の収穫、台風の時期などの一斉の備えが、各人に要求されました。

農作業は集団で行わないと成立しないものです。もちろん、現代のように耕運機もなければ、農薬もありません。

集団で稲作を始め、守り、収穫することが、村の最重要課題でした。その時、各人がバラバラなことをしていては、村は成立しないのです。

その意味で、「世間」は西洋の一神教に匹敵する強力な神でした。

一神教の神は、自分に対する忠誠を求めます。

モーゼの十戒は、日本人は、「盗むなかれ」や「姦淫《かんいん》するなかれ」だと思っていますが、一番最初に戒《いまし》めているのは、「お前は私以外に神があってはならぬ」なのです。

そして、村の掟、つまりは「世間」の掟は、この村のために働くこと、なのです。

日照りが続き、新たな水源を確保するためには、村人全員が働かなければなりません。その時、村の掟を破り、怠《なま》けたり、働かなかったりしたら、（そして、なんの金銭的なつながないもしない場合）村八分という「世間」の掟が発動するのです。待っているのは、餓死か追放か、です。

黒澤明監督の映画『七人の侍』はご覧になっているでしょうか。襲ってくる野武士に対して村落共同体である村は、村全体の判断として武士を雇おうとします。あのメカニズムがまさに、「世間」なのです。

また、もし収穫の時期に病に臥《ふ》せったりする、などということが起こってしまうと、一年の準備と労働がすべてムダになってしまいます。だからこそ、「世間」は厳しく「贈与・互酬の関係」を決めたのです。今年は、自分は寝込んでしまった。その分、村人が自分の分も収穫してくれた。だから、来年は、誰かの代わりもちゃんとつとめよう。

それは、精神的なつながりというよりは、経済的に生き延びるための人間の智恵だったのです。

地域共同体という「世間」をゆるやかに壊した都市化

ですが、現代においては、そこまでの濃密な村落共同体のつながり、つまりは強力な地域的な「世間」は必要ではなくなりました。

強力な「世間」は、そのまま、高度経済成長の時期の会社という共同体に引き継がれましたが（社員同士が家族のように付き合い、長時間の残業と濃密な生活空間の共有）、村落共同体社会から移行した地域共同体社会は、経済的な意味で濃密につながる必要がなくなったのです。

もちろん、昭和になっても、農村社会では、まだつながりは強力でしたが、農作機械の発達や兼業農家の増大などにより、各家単位の作業の割合が徐々に増えていったのです。

村落共同体社会は、明治以降、富国強兵政策で強引に解体され、地域共同体社会に移行しました。そして、地域共同体社会には、村落共同体社会の時代の強烈な「世間」の慣習や記憶が残ったのです。

この時代は、共同で清掃をしたり、ゴミ処理の問題を相談したりしました。その地域に参加する時は、タオルや石鹼《せっけん》持参の向こう三軒両隣への引っ越し挨拶は欠かしてはならないものでした。お互いが、お醤油《しょうゆ》やお米の貸し借りも、気軽にできました。

お互いが「近所に住んでいる」というだけで、お互いが「世間」のメンバーだと疑問なく思えたのです。

『孤独と不安のレッスン』に書いたエピソードですが、僕は演劇の作家と演出家を30年近くやっていて、お客さんからいろんな手紙をもらいます。

その中に、ある女性から「10代や20代の時は、親は口うるさくて、誰と電話してるんだとか、休日はどこに行くんだとか、就職してから夜、同僚にタクシーで送ってもらった時は『近所の目があるんだから、離れた場所でタクシーを降りなさい。そうしないと、あそこのお嬢さんは、男と酒を飲み歩いているふしだらな娘って言われるでしょう』と責められたのに、30代になって、日曜日に家でゴロゴロしていると『休日なんだからどっか行きなさいよ』とか『夜、タクシーで送ってもらったら、家の真ん前に止めて〈ありがとう〉って大きな声で言うのよ。そうしたらご近所さんに〈ああ、あそこの娘さんはちゃんと恋人がいるんだ〉って思われるんだから』とか言われるようになったんです。言ってることがあんまり違ってるんで、腹が立って、腹が立って」というのがありました。

切なくて、でもどこかおかしい手紙でもあります。

村落共同体としての「世間」がちゃんと機能している時は、この親御さんの判断は正しかったのです。農村では、構成員の嫁取り、婿取りも重要な課題でした。結果的にあぶれるのはしようがありませんが、「世間」のメンバー全員で独身の男女を心配し、気を配り、相手を探しました。子供という貴重な未来の労働力を共同体として確保するための、大切な経済活動だったからです。

地域共同体社会になっても、その記憶が残り、世話好きで、結婚話をまとめるのが生きがいという人が何人もいました。また、他の人たちも、年頃の娘、息子がいる家庭のことを何かと気にしました。

昭和の戦時体制になった時は、「生めよ殖《ふ》やせよ国のため」というスローガンでしたから、町内の独身男女の世話をすることは、御国のためでもありました。「世間」の頂点である「日本という世間」のために働くことと、「町内という世間」のメンバーの心配をすることとの目的が一致したのです。

そういう世話好きな人たちの印象をよくするために、常に「世間」の目を意識して生きることを日本人は心がけました。

けれど、それは、濃密な経済活動に裏打ちされたものではありませんでした。村落共同体ではないので、隣の娘さんが嫁入りしなくても、収穫の時に不便になるということはないのです。戦争が終われば、「兵隊を増やす」という「日本という世間」の目的もなくなりました。

経済的な共通項、つまりはっきりとした利害関係がなくなれば、集団として動く意味はありません。そして、地域共同体という「世間」はゆるやかに崩れ始めたのです。

「世間」を気にする、という習慣と記憶は、もちろんまだ残っています。崩壊の速度と程度が遅い田舎に行けば行くほど、強烈に残っています。がんじがらめに縛られている人もいるでしょう。

けれど、「世間」が最終責任を取ってくれないことだけは、はっきりしています。

もう、かつての村落共同体のような完全な「世間」など、どこにもないのですから。

町内会や地区会の人たちが、「集まりが悪い」とか「地区意識が薄い」と嘆《なげ》いても、それはしようがないことで、「世間」とは、阿部さんの言葉通り、「自分と利害関係のある人々と将来利害関係をもつであろう人々の全体の総称」なのですから、なんの利害もなく、また将来の利害も予測できない地域の人たちに対して、身内意識を持てというのは無理というものです。

もちろん、共同で不審者に対する防犯にあたるとか、地域の将来を考える、というのは、立派な利害関係なのですが、いまひとつ、緊急性が薄く、集まる動機、心をひとつに合わせる動機になりにくいのです。

そういう意味では、商店街の集まりは、強力な「世間」になる可能性があります。特に、近くに大型スーパーなどができて、客の流れが変わりつつある、などという時は、緊急の利害関係に基づく動機が生まれます。切迫すれば切迫するほど、その「世間」は強くなり、「差別的で排他的」な傾向も強まるでしょう。

「社宅」と呼ばれる、会社のステイタスがそのまま持ち込まれた地域も「世間」が生まれやすくなります。

が、こういう地域共同体としての「世間」は、今や例外です。

ほとんどの地域共同体は、「世間」としての機能を失いつつあります。その傾向は都会から始まったのですが、各地へとゆっくりと、しかし確実に広がっています。

では、地域共同体は、完全に崩壊するのでしょうか。町内会も地区会も自治会も、それでは、街は荒れてしまう、人情が廃《すた》れてしまう、危険な場所になる、と嘆きます。

地域共同体という「世間」をもう一度、作ろうとするから無理なんだと僕は思っています。「社会」として、つまり地域共同体ではなく、地域社会として蘇生させればいいのじゃないかと思っているのですが、この話は後述します。

会社という「世間」をゆるやかに壊した経済的グローバル化

地域共同体社会という「世間」を代表するものが壊れ始めても、「世間」がとりあえず安泰《あんたい》だったのは、もうひとつの「世間」である会社が揺るぎなかったからです。

会社と地域共同体は、日本の「世間」を代表する二大要素です。

日本人を支えてきたのは、地域共同体の安定と会社の安定だったということです。この二つのセイフティー・ネットの存在が、一神教に頼らなくても、安定的で混乱の少ない国と国民を作ったのです。

「終身雇用」と「年功序列」とは、「世間」の特徴を会社用語で言い換えたものです。日本人は、「共通の時間意識」と「贈与・互酬の関係」を「終身雇用」に、「長幼の序」を「年功序列」という単語に翻訳しました。

農村という村落共同体から会社という働く場に移行する時、日本人は同じルールを言葉を替えただけで、そのまま移しかえたのです。

そうすることで、「世間」である会社は、保守的にそして安定的に続くことが可能になりました。

あまり知られていませんが、欧米には、「入社式」というものはありません。入社の時期がバラバラだという現実的な理由もありますし、会社に入る時に、「入社式」という

「儀式性」を導入する必要がないからです。

けれど、日本では、新入社員を会社という「世間」の一員として受け入れるために「儀式性＝神秘性」の象徴として、「入社式」をすることは必須だったのです。欧米人が思わず笑ってしまう社歌の斉唱や全員唱和の〝誓いの言葉〟も、「世間」の「儀式性」を高めるものでした。


ですが、20世紀の後半、この「日本的経営」に対して、日本人自体が試行錯誤を始めました。もちろん、それは、より高い利潤を求めた合理的な経済行動です。

まずは、経済的なグローバル化です。

日本国内で、日本的雇用形態を守ることをやめて、賃金の安いアジアに進出する企業が増え始めました。地方都市に慣れ親しみ、地方都市の中心に位置していた企業が、突然、その街を捨てて、アジアの街に移るのです。その瞬間、その地方都市にあった安定的な「世間」は崩壊しました。

僕の故郷は、ある大企業を中心とした企業城下町でした。厳密な統計は取れないでしょうが、その企業および関連企業、そして、そこから派生する飲食店や教育産業など、なんらかの形で、その企業とすべての労働者が関連していると言っても過言ではない状態でした。いい大学を出て、その大企業のエリートとして就職するのが、街のひとつのステイタスでした。

街の人たちは、その企業の名前の下に「さん」をつけて、「○○さん」と親しみを込めて呼んでいました。

その企業が、1990年前後、突如、東南アジアに工場を移転することを発表しました。発表した時点で、もう工事は始まっていました。計画を発表して反応を見るのでもなく、住民の同意を得るのでもなく、完全に事後承諾として、その街を去ることを宣言したのです。大企業なので、工場は他の部門も含めて、まだまだありましたから、完全な失業ということではありませんでした。それでも、住民たちは、経済的というより精神的なショックを受けたのです。

それは、「○○さん」を信じていれば、自分の人生は安定している、という信仰を打ち破られたショックでした。「○○さん」は、この街を愛していて、この街のためにがんばってくれているんだ、だから「○○さん」のために働こう、という素朴な信仰が完全に打ち破られた衝撃でした。

もちろん、「○○さん」には、非はありません。工場移転は、より高い利潤を求める合理的な経済活動です。けれど、街の「世間」は、本当に激しく揺れたのです。そして、以前のような強固で安定的な「世間」に戻ることは、難しくなったのです。

「実力主義」「成果主義」という試行錯誤もまた、「長幼の序」という「世間」の重要なルールを破壊した行為でした。日本の企業は、「年功序列」を排することで未来の成長を期待したのです。

経営不振の企業が、外国人という「世間」に属してない社長を招き、大量リストラという「終身雇用」と正反対の行為で、会社を建て直す経緯も、日本人は見ました。マスコミは、その手腕を絶賛しました。

「終身雇用」は、なにか悪の象徴のように言われたりしました。

「年功序列」と「終身雇用」が、徐々に否定されていく20年前後の時間でした。

そして、会社という「世間」が壊れることで、日本全体の「世間」もまた徐々に壊れ始めたのです。

さらにそれを加速させたのは、精神的なグローバル化でした。

精神的なグローバル化

僕は演劇を30年ほど続けている人間として、企業に講演会に呼ばれることがあります。

ワークショップという演劇の手法が、昨今流行のコーチングやファシリテイターの手法と通じるものがあるからです。

そこで、若手社員に対するグチをいろいろと聞きます。

世間のルールの「長幼の序」の項で書きましたが、先輩社員が仕事の後に飲みに誘って、それを断る若手社員は普通になりました。先輩社員とただ一緒にいる、という時間の使い方を拒否する後輩社員も普通に出てきました。飲み屋で先輩社員が一生懸命仕事の話を伝えようとするのに、関係ない話を楽しそうにする新人社員も増えてきました。

「鴻上さん、そういう社員に対して、どうしたらいいですか？」と、企業の年配の方は途方に暮れたような顔で僕に質問します。

飲み会を断る若手社員は、やる気のないダメ社員かと言えば、そんなことは決してありません。ただ、「無意味な飲み会」を拒否し始めた、ということだと僕は思っています。

若手社員だけの講演会では、「酔っぱらった上司の話は、3時間ムダだけど、15分だけ役に立つ話がある」と言うと、みんな笑います。心当たりがあるからです。

先に文化庁長官だった河合隼雄さんのエピソードを紹介しましたが、河合さんが雑誌のインタビューで、「新橋のガード下をはじめ、居酒屋で、おじさん社員が若手の男性社員やOLさんに仕事の話をよくしてますよね」と言われた時、「あれは、おじさん社員が若手社員やOLさんにカウンセリングを受けているんです」と答えたことがありました。

インタビュアーが「えっ？　逆でしょう。おじさん社員が若手社員にアドバイスをしてるんですよ」と言うと、「いえいえ。あれは、おじさん社員の精神衛生にとてもいいんです。おじさん社員の精神を癒《いや》してるんだから、おじさん社員は若手社員からカウンセリングを受けているんですよ」と、もう一度説明しました。

「世間」のルールで言えば、おじさん社員は、若手社員が自分の属している「世間」のメンバーであり、お互い、「共通の時間意識」で生きているんだと確認しているんだと思います。

それはとても癒されることなのでしょう。が、一方的にカウンセリングを続ける若手社員は疲れるものです。実際、真剣なカウンセリングは疲れるのです。そんな立場にいたくないと、若手社員、特にOLさんが思うのは当然でしょう。カウンセリング料として食事代を全額払うおじさん社員は、まだましですが（笑）。

飲み会を拒否して家に帰り、テレビをつけたり、雑誌を見れば、マスコミは、無意味な会議のない、強制的な飲み会のない、わずらわしい手続きのない、企画ひとつ通すのに山ほどのハンコがいらない、社外よりも社内に8割ぐらいのエネルギーを使わなくてもいい、外資系と呼ばれる会社があることを日本人に教えるのです。

それが真実かどうかは問題ではないのです。たとえ、日本に来た外資系の9割が日本的なサービス残業をするようになっていても、1割の外資系がそんなシステムを放棄していれば、それが希望となるのです。

これは、「理想としての父親像」が劇的に変化したのと同じ構図です。マスコミの発達は、自分の実際の父親よりも素晴らしい〝父親〟が世の中にいるということを、情報として伝えました。

それが真実かどうかは問題ではありません。疲れて帰ってくるサラリーマンの父親を待ちながら、テレビをつければ、ファッションデザイナーをしながら父親でもある存在、俳優であり父親でもある存在、ロックスターでありながら父親、かっこいい父親を伝えるのです。

子供たちは、それを知ってしまった。それだけのことです。比べる父親がいなかった時代、つまりは、テレビや雑誌というマスメディアが存在しなかった時代に「尊敬する人は父親です」と言うことと、今の時代に「尊敬する人は父親です」と言うことは、まったく違います。

同じように、比べる会社がなかった時代に自分の予定を犠牲にしても先輩の誘いに付き合った社員と、デートですからと、先輩の飲み会を断り、内心「お、アメリカ人みたいだぞ」と思いながら帰っていく今の社員を単純に比べてはいけないのです。

「世間」のルールからはみ出ることとの快適さを、日本人は知り始めたのです。

それは、経済的ではなく、精神的なグローバル化だと言っていいと思います。

快適さを知れば後戻りはできない

この動きを、「帰国子女」という存在が大いに加速させました。

クラスのまとまりがまだ強固だった時代、「班と連帯責任」という考え方は揺るぎないものでした。

このシステムに抗議し続けたのは、「個人」であることをずっと求められて育った「帰国子女」だけでした。

小学校が特徴的ですが、何人かで「班」を作り、班の中の誰かが宿題を忘れたり、問題を起こすと、班全体の連帯責任にする、という古典的な教育方法がありました（あります）。

班の一人でも、例えば漢字試験に合格しなければ、班全体の責任になる。

この班は、「世間」そのものです。かつて、「世間」が健全に機能していた時代は、班も健全に成立していたはずです。地域共同体が円滑に動き、自分の子供ではない子供を叱り、地域全体で子育てをしていた時代です。

そんな時代は、誰かが漢字試験に落ちれば、班全体で励まし、班全体で居残って勉強する、ということに誰も疑問を持たなかったのです。

それは、「班」というものの理想的な状況です。

けれど、一人の失敗で班全体が怒られた時に、「それは彼の失敗であって、私の失敗ではない。どうして、私は怒られるのか？」という、しごくまっとうな疑問を「世間」の外で育った帰国子女は持ったのです。

これに対して、説得する言葉は「同じ班のメンバーじゃないか」です。けれど、これは、合理的ではありません。班もまたクラスと同じ「所与性」のものであり、班というシステムを選んだのも、班の人員構成を決めたのも（ほとんどの場合は）教師なのです。

外から与えられたシステム＝班に対して、そのシステム全体の責任を個人である自分が取る、という論理は矛盾しています。

それでも、「世間」の記憶と慣習が強烈に残る時代は、個人を抑え、集団の決定を最優先して、「班」の考え方を受け入れていました。

けれど、子供たちは気づいてしまいました。

無条件で集団に自分を重ねることは、おかしいと、知ってしまったのです。

それは、大人が無条件で会社に自分を重ねたり、職場の和を一番に考えたり、隣近所の付き合いを最優先することに疑問を持つようになった流れとまったく同じです。子供だけが、「班」という集団の「神秘性」を信じ続けることなど、不可能なのです。

英語教育で、僕なんかは、'had better' を、「〜した方がいい」と習った人間です。「それをした方がいいよ」は、'You had better do it' と訳しました。

が、これは、海外で生活や仕事をするようになると分かりますが、かなり上からの目線なのです。先生が生徒に、親が子供に、「それをした方がいいよ。しないと……」という教育的指導のニュアンスを含みます。

ですから、友人やお客さんに、例えば、雨が降りそうだからと、'You had better take an umbrella' なんて言ってしまうと、「傘を持った方がいいな。持たないと、ひどい目にあうぞ」というニュアンスになってしまうのです。

なのに、親切なアドバイスの意味だとして英語のほとんどの教科書には載っていましたし（今は、かなり減ったと思います）、入学試験にも当然、出ていました（今も出ています）。

アメリカの日本人学校で、この授業を受けた生徒が「先生、英語ではこんな言い方をしませんし」と言うと、アメリカに来たばかりのその日本人教師は、「アメリカで言わなくても、日本の英語では、こう言うんです」と言い放ったというエピソードがあります。「日本の英語」というのは、意味不明ですが、日本という「世間」に生きているその先生は、必死で日本を守ったのでしょう。大切なのは、アメリカで通じるかどうかではなく、日本人として日本人が作ったものを大切にするかどうかだと、その人は思ったのでしょう。

そして、そういう「世間」を守る日本人を見て、帰国子女が「意味ないじゃん」と思うのは当然です。

そうして、日本人が大切にしている「世間」に反発するようになるのです。

そんな「個人」を前面に出す帰国子女に対して、1980年代の後半くらいまでは、都会でも日本人は反発していましたが、だんだんと、「班」よりも「個人」、「集団」よりも「個人」を前面に出すのは、快適でかっこいいと思う人が増えてきたのです。

精神的な意味で、世界を知った、つまり、グローバル化したのです。

日本人は、普通に、「アメリカ人はイエス・ノーをはっきり言うんだよなあ。日本人は、ちゃんと言えなくて、グズグズになるんだよ。ダメだよなあ」「そうそう。残業だって、外資系は日本企業ほどひどくないしさ、まして、サービス残業なんて考えられないんだよ」と、〝聞きかじった〟知識で嘆《なげ》くようになったのです。

それは、私たちが「個人」であることや「世間」からはみ出すことの快適さや自由さを知ってしまった、ということです。

知ってしまえば、後戻りはできないのです。

例えば年配の人が、「わしの若い頃は、クーラーなんかなかったんじゃ。夏にクーラーなんかなくたって、大丈夫」と言い放っても、意味がないことと同じです。

「だから、サウナのような職場でガマンしろ」とか、「汗をダラダラかきながら勉強しろ」と言っても、私たちはクーラーを知ってしまったのです。

文句を言う年配の人は、クーラーがあったのにガマンしたのではありません。存在しなかったのです。存在しなかったから、クーラーなしで夏を過ごせただけなのです。

それは、偉いことでも立派なことでもありません。存在しなかったのですから、それは当たり前のことだったのです。

けれど、私たちは、もうクーラーを知ってしまったのです。知ってしまった人間に、それが存在しなかった時の話をしても、意味はないのです。

「個人」であることの明快さ、「世間」のルールを無視することの快適さを知ってしまった人に、もう一度、「世間」のルールに無条件に従えと命令しても、それは無理というものなのです。

「世間」への疑問が膨らむ

「世間」を疑い始めると、「世間」が持っている「神秘性」まで疑うようになります。「世間」に従っている時には、なんの疑問も持たなかったものが、とても不合理に思えてくるのです。

そして、これはニワトリとタマゴなのですが、ひとつの「神秘性」を疑うようになると、他の「神秘性」もまた、疑い始め、ますます、「世間」に対して疑問を持つのです。

例えば、いまだに、私たちは身内に不幸があると、年賀状を遠慮するという知らせを年末に出します。いったい何人の人がその行為に納得しているでしょう。

香典返しは半返しと思って、機械的に返します。返す方ももらう方も、それは納得した嬉しい行為なのでしょうか。

僕は、お歳暮とお中元を贈りません。とても大切だと思っている人もいるでしょうから、否定はしませんが、僕は贈りません。俳優さんで、そういうものを僕に贈ってくる人がいたら、丁寧に送り返します。僕には、お歳暮やお中元は、立場に対して贈る（言葉は悪いですが）「賄賂《わいろ》」の一種のようなものに感じて居心地が悪いのです。

そういうものを贈ってくれる俳優さんは、若かったり、キャリアが浅かったりします。そういう人から何かをもらうのは、何か、暗黙の強制が働いているような気がして嫌なのです。「鴻上はそういうものをもらう人」と思われると、俳優として経験の浅い人が一生懸命、気を遣《つか》い始めるように思えるのです。お歳暮やお中元が、立場が上の人から下の人に贈るものなら、喜んで受け取ります。トム・クルーズさんからお中元が来たら、もらいます。送り返しはしません（笑）。

お中元やお歳暮は贈りませんが、僕は、結婚祝いや出産祝いを贈るのは大好きです。それは、ちゃんと理由があるプレゼントだからです。結婚したこと、生まれたこと、就職したこと、それらに対するプレゼントは、ちゃんとその理由にふさわしいものになります。それは、選ぶのも贈るのも楽しいものです。

けれど、そういうプレゼントに対して、日本人は、「贈与・互酬の関係」によって、「内祝い」という名前のお返しを必ず送ってきます。

じつは、そのたび、僕は悲しくなるのです。「内祝い」はたいてい、タオルや食品などの当たり障《さわ》りのないものです。相手が何を求めているか分からないからです。贈り物の動機がはっきりしませんからね。

使わないタオルや飲まない野菜ジュースを見ながら、「どうして、ただ受け取ってくれないのだろう」と僕はいつも、思うのです。「内祝い」を送らなかったからと言って、村八分にするような「世間」なんて、もうどこにもないのに、と思うのです。

機械的にタオルをくれるのなら、手書きの文字が一杯書かれた一枚のお礼のカードの方が何倍も嬉しいのにと、心底、思うのです。

不安と共に急速に壊れ始めた

都市化と経済的・精神的にグローバル化したことで、「世間」は中途半端に壊れ始めました。

そして、ここ数年、激しく壊れていると僕は思っています。もちろん、理由があります。

僕が考えている理由を、あなたも想像ついたでしょうか。日本の「世間」を支えていた会社の二つの原則、「終身雇用」と「年功序列」が、はっきりと不安定なものになったからです。

新自由主義という名前の、激烈な競争社会の出現と世界的な不況によって、日本の雇用形態は完全に変化し始めました。非正規雇用が増大し、「終身雇用」「年功序列」という言葉は、彼らにとっては、なんの関係もない言葉になりました。非正規雇用の人たちにとっては、「会社」は、経済的にも精神的にも、セイフティー・ネットではなくなったのです。

正規雇用でも、いつ、大量のリストラにあうか、まったく安心できなくなりました。いつ「会社」から解雇されるか分からないという不安は、「世間」の一員として「共通の時間意識」を持つことが不可能になり、「贈与・互酬の関係」を維持できなくなった、という状況を生みました。

雇用が続いたとしても、経済的に不安な毎日の結果、「会社」が精神的にはセイフティー・ネットではなくなったということです。

会社という「世間」＝共同体が不安定になったことで、家庭という共同体も地続きで不安定になります。

雇用が安定しているからこそ、人は家庭を作り、守ることができるのです。

「世間」は不安と共に、急速に壊れ始めたのです。

「世間」のないアメリカは本当に風通しのいい社会か

帰国子女だった女性と話していて「『世間』なんかなくなればいいんですよ。そしたら、アメリカみたいな、ものすごく風通しのいい社会になるはずです」と言われたことがありました。

このまま、「世間」は崩壊を続けて、本当になくなるのでしょうか。

その前に、アメリカが風通しのいい国なのかどうか、確認しないといけません。

この発言をした女性は、ニューヨークの隣、ニュージャージで育ちましたから、比較的風通しのいいアメリカを知っているのだと思います。

けれど、アメリカには、じつに風通しの悪い、「空気」が動かない部分があります。「世間」も神も、弱い人間を支えるものだと、アンデスの飛行機事故の時に書きました。格差社会になればなるほど、一人の人間に対する風圧は強まり、支えがなければ、人は生きていけなくなります。

じつは、アメリカの格差社会は、日本とは比べ物にならないぐらい激しいものです。

どれぐらいの格差かというと、「ウォールストリート・ジャーナル」の2007年の調査では、企業経営者と一般労働者の賃金格差は、180倍以上だそうです。

アメリカの一般労働者の平均年収は、日本とほぼ同じで450万円ほど。180倍以上ということは、8億1000万円以上ということです。どうりで、会社が倒産するかもしれないという時の話し合いのために、自家用ジェットで社長が来れるはずです。

1994年は、90倍だったそうで、急速に格差が広がっていることが分かります。

ちなみに、日本の格差は、社員と役員という統計しか見つからなかったのですが、3・9倍でした。役員の年収は平均で1800万円ほどになります。

アメリカには、国民みんなが加入する医療保険はありません。『アメリカ人の半分はニューヨークの場所を知らない』（町山智浩著　文藝春秋）という、痛快で恐ろしい本によれば、民間の企業の医療保険しかなく、保険料は年平均35万円。家族3人の保険料は、100万円を超えます。当然、年間の収入が200万円以下という低所得者層はそんな保険料は払えません。そうした層がアメリカには人口の12％以上、3800万人以上います。

結果、アメリカの人口約3億人のうち、6分の1の5000万人が医療保険に未加入で（日本で健康保険証を忘れた時のように高額な医療費となり）、年間約2万人がなんの治療も受けられずに死んでいくと言います。

日本では、年収200万円以下の人口が1000万人を超えたと、2007年、話題になりました。

労働者の4・4人に1人が、200万円以下という計算になります。人口の割合で言えば、約8％です。不況の中、この数字は増えていくでしょう。

それでも、格差社会としては、アメリカがどれほど筋金入り（？）なのかが分かります。

日本では、「普通」という言い方がまだ成立しています。

例えば、子供に「音楽は好き？」「カレーは好き？」などと質問すると、多くの日本人小学生は、ぶっきらぼうに「普通」と答えます。大人でも、「お酒は好きですか？」と聞かれて「普通」と答えます。

けれど、これもまた、翻訳不可能な言葉なのです。

アメリカにもヨーロッパにも、自分の好みを「普通」と答える言い方はありません。「普通」という平均がないからです。あるのは、格差だけなので、「普通」と答えられる真ん中の平均がないのです。中流や平均で物事を考える、という発想がないのです。

格差社会とはそういう社会なのです。

格差社会へと日本も進んでいくのか、それでいいのか、という議論とは別に、こんな格差社会に、どうしてアメリカ人は堪《た》えていられるのでしょうか？

アメリカ人は、たくましいのでしょうか。一時期日本ではやった「自己責任」を自分のものとして、生きているのでしょうか。

超格差社会を生きる個人を支えるキリスト教

「世間」と神は、ともに弱い個人を支えると書きました。

アメリカ人は、神によって自分を支え、こんな激しい格差社会を生き延びているのです。

キリスト教のプロテスタントに、福音派という人たちがいます。聖書の言葉をその通り厳密に受け止め、聖書に書かれていることは、すべて真実だと信じる人たちです。

この人たちが、アメリカには人口の3割近く、人数にして8000万人以上います。

聖書の教えをすべて真実として信じるのですから、当然、進化論は信じていません。で、真剣ですからどうなるかというと、『天地創造博物館』なんてものを作り上げます。

そこでは、アダムとイブの人形の横を恐竜が歩いています。神は、何千年か前に、7日間でこの世を創ったので、そういう展示になるのです。

もちろん、真剣です。ケンタッキー州にあるこの博物館には、年間何十万人もの人が訪れます。そして、これが真実なんだと感動するのです。

「何億年前の化石」と言われているものに関しては、「無神論者の科学者がでっちあげた」と思っている福音派の人もいれば、「悪魔が人類からキリストの教えを奪うために、神の言葉と矛盾するものをわざと作った」と言う福音派の人もいます。

プロテスタントは、福音派とリベラル派に基本的には分かれます。そして、リベラル派は、聖書に書かれたものは、そのままの真実と取るのではなく、社会的・文化的文脈でキリストや、弟子たちの伝えたかったことを受け取ろうとします。

福音派の人よりは、理性的な立場です。

これにカトリックの人を入れると、アメリカのキリスト教徒は、全人口の8割を超えます。

福音派の人だけが、情熱的に（原理的に）キリスト教を信じているのではありません。

2007年の『ニューズウィーク』の世論調査では、「神が人類を創造した」と考えているアメリカ人は48％です。福音派の3割を軽く超えています。

「進化の過程に神の役割はなかった」と答えたのは、わずかに13％でした。

キリスト教がアメリカを支えているのです。

名著『宗教からよむ「アメリカ」』（森孝一著　講談社選書メチエ）では、キリスト教とよばず、「アメリカの見えざる国教」と表現しています。それは、キリスト教ととてもよく似ているのだけれど、例えば、聖典としては、「独立宣言」や「アメリカ合衆国憲法」も含まれるとします。

オバマ大統領の就任式を見た人なら、それがとても宗教的儀式に近かったと思い当たるでしょう。

大統領は、政治の長でありながら、同時に大司祭でもあって、だからこそ、聖書に手を置いて宣誓し、アメリカ人に対して、「見えざる国教」の長として、「アメリカとは何か？」を精神的に語るのです。

もちろん、演説の最後は、「ゴッド・ブレス・ユー！　ゴッド・ブレス・アメリカ！」です。神があなたを祝福し、そして、アメリカを祝福するのです。

それは、アメリカがひとつの国になるために必要な手続きなのです。

詳しくは、『宗教からよむ「アメリカ」』を読んでいただくとして、格差社会の激しい国、アメリカはキリスト教に支えられて成立している国なのです。

一神教の神は絶対です。

神は、自らの神に祈る限り、無条件にその人を愛します。そこには、格差はありません。あなたがどんなに貧しくても、どんなに世間から無視されていても、どんなに負けていても、どんなにちっぽけでも、神はあなたを深く真剣に愛してくれるのです。それが、一神教の神なのです。

結果的に、現実に貧しい地域であればあるほど、人々は熱烈に神に祈り、福音派が増えます。福音派の過激な牧師は、「聖書だけを読んでいればいい」とまで言います。聖書が真実なのだから、それ以外に本を読む必要はないと。

アメリカ人は2割しかパスポートを持っていません。8割のアメリカ人は、海外に出ることなく、アメリカの中で一生を終えます。外の世界に対する関心のなさは、じつは、聖書に対する過剰な関心の裏返し、だとも言えるのです。

といって、僕は、この宗教的情熱を責めているのではありません。激烈な競争社会で、格差が固定して、貧困が貧困を生むようになった社会で、宗教がなければ、人は人であり続けられないだろうとも思うのです。

医療保険に入れず、ケガや病気をしたら何万、何十万という治療費を支払わなければならず、でもそんなお金はないから治療をあきらめなければいけない、そんな現実を宗教を信じることなく、生き延びるのはつらいだろうと同情します。

アメリカの、特に東海岸の都会のインテリたちは、福音派の影響の強い、南部のバイブル・ベルトと呼ばれる地帯に住む住民たちを、田舎者とか教養のない人々と、内心バカにしています。

けれど、福音派が一致団結して大統領に押し上げたのが、イラク戦争を起こしたブッシュなのです（最初の動きは、1980年のレーガンでした）。アメリカの3割近くの信者ですから、強大な力を持つのです。

インテリたちは、慌てました。無視していた人たちの強力な力を見せつけられたからです。といって、現実が苦しいからこそ、信仰に没頭するのです。宗教的情熱は、貧しさと正比例します。

これから先、間違いなく福音派を信じる人はもっと増えるはずです。現実の絶望を救ってくれるのは、「差別的で排他的」な〝強い〟宗教なのです。リベラル派のような自由でゆるやかな宗教では、弱いのです。

と、アメリカの宗教事情を書いていますが、それが目的ではありません。

僕が言いたいのは――。

これから、日本もアメリカ並の格差社会になるのだとしたら、傷つき、絶望し、苦悩する人を、いったい何が救うのだろうか？　ということなのです。

アメリカでは、宗教が間違いなくセイフティー・ネットです。精神的にも経済的にも非常に強力なセイフティー・ネットです。

経済的には、教会が炊《た》き出し、バザー、チャリティーを続けて、貧困層を助けます。一日3食、100食以上の炊き出しを毎日続けている教会も、たくさんあります。日本でNPOが週1回、公園などでやっている炊き出しは、アメリカの教会では日常となっているのです。

そして、精神的には、「神は平等にあなたを愛する」と告げるのです。現実に傷つき、自分なんてちっぽけで生きていく意味がないと思っている時に、「神は無条件であなたを愛する」とささやくのです。

貧しく傷つき不安な人たちが、その言葉で、どれほど生きていく勇気をもらうことか——。


ちなみに、福音派は、「古き良きアメリカ」をもう一度取り戻そうと政治的に活動します。それが、彼らが理想とする社会なのです。中絶が禁止されていて、同性婚が禁止されていて、ホモセクシュアルが恥ずべきことで、結婚まで純潔が守られる古き良きアメリカです。

リベラル派の人たちは「自由の国アメリカ」の夢が守られることを望みます。アメリカン・ドリームが生き続けるアメリカです。

精神的に信仰するだけではなく、実際に政治的に活動することで、より、宗教的情熱は強くなります。政治に正面から向き合い、貧困や絶望を問題にすることで、個人の信仰はより深くなるのです。

神がなく「世間」も壊れた日本で個人を支える「空気」

日本では、個人を支えたのは「世間」でした。けれど、都市化と経済的・精神的なグローバル化と格差社会によって「世間」はかなりのレベルまで壊れています。

その結果、日本人はより不安定になり、自分を支えてくれる「なにか」を、「世間」が安定していた時代よりもはるかに強く求めています。

けれど、多くの日本人にとって、それは、宗教の「神」ではありません。

日本でアメリカ式の新自由主義を導入しようとする経済学者に対して、僕は、「キリスト教が支えてくれないのに、どうしてそんなことができるんだ?」と呆《あき》れていました。同時に、「自己責任」という言葉を言い出した政治家と、その言葉に乗ったマスコミにも呆れていました。

アメリカ人は「神に強烈に支えられた個人主義者」でしかないのです。それは、強い個人でもなんでもありません。牧師の説教に興奮し、涙ぐみ、すがるアメリカ人を見れば、それはすぐに分かります。

「自己責任」なんて言葉を、何も支えるものがない日本で、政治的意図だけで簡単に言い出す政治家や、それに乗ったマスコミに対して、本気なんだろうかと僕は思っていました。

不安はますます増大します。都市化と経済的・精神的グローバル化と格差社会で、伝統的な「世間」は崩壊し、不安はどんどん増大するのです。

不安に負けないように自分を支えたい。支えなければ、生きていけない。

けれど、「世間」は支えてくれない。

その結果が、ここ数年の「空気」という言葉の乱発ではないかと僕は思っているのです。

支えてくれる安定した「世間」が欲しい。けれど、「世間」はかなりのレベルで壊れている。今までのような安心できる「世間」はない。だから、せめて「空気」に自分を支えて欲しいと思う。

五つのルールを完全に備えた「世間」はない。だから、せめて「空気」が欲しい、ということじゃないかと思っているのです。

逆に言えば、五つのルールの何かが欠けた「世間」か、「共通の時間意識」が揺らいだ「世間」が残っていて、それを「空気」と呼んで、自分たちを支えてもらおうとしている、ということです。

空気で手に入るのは「共同体の匂い」

人々が手に入れることのできるのは、「共同体」ではなく、「共同体の匂い」です。

かつて、「世間」というちゃんとした共同体があった。それが、今は、崩壊している。完全には崩壊し切っていないけれど、かなりのレベルで崩壊している。

もはや「共同体」をもう一度取り返すのは、不可能だと感じる。だから、せめて、「共同体の匂い」を感じたい。それが、「空気」という言葉になるのだと思うのです。

ですから、「空気を読め！」という言葉は、「共同体の匂いを読め」という指示です。

残念ながら、「世間に従え！」とは言えないのです。そこまで言える、強固な共同体はもはやないからです。残っているのは、「共同体の匂い」なのです。

阿部謹也さんは2001年に出した本でこう書きました。

すでに郊外や地方都市では「世間」は解体しているという主張もある。もしそうだとするならば、そのような土地に住む主婦や少年たちは一律に皆が同じ行動様式をとる必要はないはずであるが、現実にはそのような地方都市や郊外に住む主婦や少年は画一的な行動をするのである。彼らは従来の「世間」からは解放されているかもしれないが、新たな「世間」の枠にとらわれているのである。

（前掲『学問と「世間」』）

この新たな「世間」とは、つまり、「空気」そのものだと僕は思っています。

地域共同体が崩壊した後、「共同体」はなくなっても、「共同体の匂い」に従っている人たちです。

「共同体の匂い」は、例えば、マスコミが作り上げます。平均的な日本人がどう振る舞い、平均的な郊外の生活はどんなものなのか。それを見た人たちが「共同体の匂い」を作り上げるのです。

そして、自分を支えてくれる「共同体」を無意識に求めている人たちは、「共同体の匂い」に過剰な期待を寄せます。「共同体の匂い」に実力以上の力があると信じ、それに従おうと思うのです。

「共同体の匂い」を感じるだけでも、人は元気になります。バラバラだと思える私たちが、じつは同じ集団に属していて、同じ感覚を大切にしている、と感じるだけでも生きる勇気がわくのです。

お笑い番組が隆盛なのは、「笑って嫌なことを忘れたい」という理由が一番でしょうが、同時に、「他人と同じものを笑うことができる」という「共同体の匂い」に惹《ひ》かれているからだと思います。

私は孤独じゃない。私たちはバラバラじゃない。なぜなら、同じものを見て、一緒に笑える人たちがいる。同じものを見て、腹から笑える人たちの中に私がいる。それは「共同体の匂い」です。そして、「共同体の匂い」を呼吸することは、人を安心させるのです。

逆に言えば、不安な人ほど、「共同体の匂い」を求めるということです。

自分の発言が場の「空気」を乱してないか、自分は「空気」からはみ出てないか、今、どんな「空気」が場を支配しているのか。

不安になればなるほど、敏感になり、場の「空気」を探り、従おうと思うようになるのです。

「世間原理主義者」の登場

けれど、「共同体の匂い」だけでは、自分を支えきれない人はどうするのか？

アメリカの福音派の人たちが貧しい南部に多いのは、もちろん、強烈な信仰がないと希望のない生活を支えきれないからです。貧困ゆえに、高等教育を受ける機会もなく、親の貧しさが子供の貧しさに連鎖していく社会。自分の人生が変わる可能性を期待できない生活――。

猛烈な勢いで、貧困と格差社会に突入しようとしている日本でも、「共同体の匂い」だけでは支えきれない人が出てくるのは当然でしょう。

福音派の人たちが、聖書に書かれたことはすべて真実である、とするにはじつは理由があります。

ひとつは、プロテスタントは、宗教改革から生まれたという根本的な理由です。彼らは、教会の恣意的《しいてき》な教えではなく、聖書に帰ることがキリスト教の真の価値だと主張しました。神父の言葉ではなく、聖書の言葉が神の言葉だとしたので、厳密に聖書に従うのです。

それでも、聖書のすべての言葉が真実だと〝極端〟に考えるのは、もうひとつ理由があります。

プロテスタントのリベラル派の人たちは、聖書の社会的・文化的文脈を探ります。あの当時言われたことは、じつは現代ではどういう意味になるのか、この言葉は本当は何を意味しているのか——これはじつは、インテリの作業なのです。つまりは、ある選ばれた人たちの作業なのです。

それは、貧しく、高等教育を受ける機会がなかった人たちには、できないことです。彼らにとって、聖書の文脈の意味を探ろうとすることは、逆に聖書を遠ざけることでしかないのです。

ですから、知識がない人たちが簡単に参加できることが、彼らの宗教の絶対の要請なのです。

それが、聖書に書かれたことはすべて真実である、とする信仰なのです。

そして、「共同体の匂い」だけでは自分を支えきれない、激しく不安な日本人たちは「世間」に対して、福音派の人たちとまったく同じ構図のアプローチを取ります。

不安であればあるほど、「世間」の原理に戻り、強力な「世間」を作り上げようとするのです。福音派の人たちと同じように、極めて分かりやすい、誰もが発言できる「世間」を選ぶのです。

それは、「世間」の一番伝統的で原理的なもの、「古き良き日本」という「世間」です。

ネット右翼と呼ばれる、極めて保守的な人たちがウェブ上で主張する理想＝古き良き日本は、まさに、この伝統的な「世間」だと僕は思っています。

それは、「日本」「民族」「家族」「正義」「愛国」というような言葉で象徴されるものです。

彼らは、日本のマイナスと思われることを語る人間を、「反日」、自虐《じぎゃく》史観などと呼び、「半島に帰れ」（朝鮮半島のこと。日本の悪口を言っている人間は、日本人のはずがなく、隠れ韓国・朝鮮人に違いないという意味）と、攻撃します。

彼らが守ろうとしているのは、「古き良き日本」です。「社会」などという西洋から来た概念に侵食されない、五つのルールが強力に働く、伝統的な日本の「世間」です。

ですから、僕はネット上で反日だと激しく誰かを攻撃し、時にはブログを炎上させている彼らは、「ネット右翼・右翼主義者」ではなく「保守主義者」、もっと厳密に定義すれば、「世間原理主義者」だと思っています。「世間」の原理に帰ろうとする人たちです。

ちなみに、アメリカでは、ファンダメンタリスト＝原理主義者と福音派の関係は、定義を含めて微妙なのですが、原理的だという意味では同じ人たちです。アメリカのファンダメンタリストのことを「何かに怒っている福音派」と定義した人がいました（G・M・マースデンの定義、前掲『宗教からよむ「アメリカ」』より）。福音派の中の部分集合という定義です。

日本の「世間原理主義者」たちは、一見、右翼的に見える時もありますが、彼らは、「天皇中心の日本」を創り上げようとしているのではなく、「伝統的で温かい日本」「ひとつの家族だった日本」に戻ろうとしているのです。

正論・原理を語る人々

ネット上では、正論・原理を語る人たちがたくさんいます。

「お酒を飲んで運転した」と書いたブログやｍｉｘｉの日記を、「飲酒運転」という単語をグーグルで検索することで執拗《しつよう》に見つけ出し、場合によっては個人名までさらして攻撃する人のことが話題になりました。バイト先の客の悪口を書いたブログを見つけ出し、「2ちゃんねる」に紹介して、そのまま、炎上させる、なんてことも頻繁《ひんぱん》に起こっています。

コミケのバイトに行って、「オタク、オタク、オタクだらけ！」と書いた女性のブログはあっという間に炎上し、彼女が通っている大学名や個人名から住所まで、ネット上にさらされました。彼女が撮った彼女自身のスナップ写真は、ネットのあちこちにばらまかれました。

そして、「客をオタクとバカにしたのだから、これは当然のことである」とネット上には書かれたのです。

「飲酒運転」も個人名をさらされ、「法律違反をしたことを、自慢気に語っているのだから、人間のクズ以下。実名をさらされるのは当然である」と書かれました。

それは、悪いことを悪いと原理的に追及する原理主義者の主張です。

まさに福音派と重なります。アメリカに8000万人以上いるこの人たちは、たとえレイプで妊娠した場合でも、中絶は「人殺し」であるから絶対にダメだと主張します。

魔法使いは悪魔の手先であるから、「ハリー・ポッターは神の敵です！」と叫んで、6歳の子供に「あなたたちも罪人でしょう」と迫るのです（前掲『アメリカ人の半分はニューヨークの場所を知らない』)。

人は不安になった時、原理原則に戻るのです。不安になればなるほどです。

自分の住んでいる世界がどこに向かっているのか分からなくなった時に、人は、自分が安心できる、理解しやすい、懐かしい世界を求めます。

それで、すべての人が問題がなければ、僕はそれが一番の解決方法だと思います。

けれど、例えば、福音派の貧しい白人(プワー・ホワイト)が夢見る「古き良きアメリカ」とは、人種差別と男女差別が激しかった時代のアメリカなのです。

白人男性にとっては理想世界かもしれませんが、それ以外の人たちにとっては、戻りたい世界ではないでしょう。

同じように、「世間原理主義者」の人たちが夢見る「ひとつの家族だった日本」「古き良き和の日本」は、抑圧的な「世間」が、たくさんの人々を傷つけた時代でもありました。

歳や家柄が違い過ぎるからと結婚を反対されて心中したり、村ぐるみの選挙違反をたった一人で告発して村八分の結果追い出されたり、兵役検査に落ちて御国のために働けない余計者だと後ろ指差された男が自殺してもしかたがないと言われたり、髪の色や服装が違うだけで軽蔑《けいべつ》的な噂話の標的にされたりする「差別的で排他的」な世界でした。

伝統的な「世間」は、「多様性の容認」ではなく「同一性の強制」を激しく求めるのです。「世間」が強固であればあるほど、その力は強くなります。

あなたがそれをよしとするのなら、もうこの本を読む必要はありません。強制された同一性に身を委ねればいいのです。けれど、それが、堪《た》えられないのなら、私たちは、「世間原理主義者」に戻ることはできないのです。

できることなら、同一性を信じるより、多様性を喜ぶことで、なんとか、このやっかいで、苦しい世界を生き延びたいと思うのです。

それがこの本を書いている動機なのですから。

なぜ「自分がどんなに大変か」を語るのか

僕が「世間原理主義者」のヴィジョンに疑問を持つのは、現在の壊れかけた「世間」でさえ、あなたも経験している、抑圧的な面がたくさんあるからです。

会社という「世間」では、例えば、1週間の休暇を取った人は、会社に戻ってくると必ず、「いやあ、雨に降られてさ」とか「もうすごい人で、かえって疲れました」とか、マイナスなことを言う傾向があります。

真面目な人ほど、正規雇用の人もバイトの人も言います。

それは、よく言えば日本人の気遣《きづか》いです。自分だけ楽しんで申し訳ない、自分はそんなに楽しんでないんだ、ということです。悪く言えば、「世間」に対するアピールです。自分は楽しんだわけじゃないんだ。大変だったんだ。みんなが仕事している時に、自分も大変だったんだ。だから、「世間」から弾き飛ばさないでほしい。

そして、「これ、つまらないものですが」と言いながら、おみやげを出すのです。

欧米人と仕事をした人なら、分かると思います。彼らは、日本人がどきどきしながら1週間の休みを取る時、平気な顔で最低でも2週間から3週間ほどのバカンスを取ります。世界的不況の今でも、です。それは、当然の権利だと思っているのです。

そして、バカンスから戻ってくれば、どんなに素敵だったかを語るのです。本当に楽しかったと。

僕は、顔を輝かせながら会社で、「最高のバカンスでした」と語る日本人に会ったことはありません。「いいリフレッシュになりました」とか「最高の気分転換でした」と語る人は、います。つまり、仕事のために、不本意ではあるけれど職場を離れた。けれど、それによって、気分転換になったので、これからの仕事の効率は上がるだろう。つまりは、仕事のためになったというアピールです。

けれど、日本人は本心から、職場を離れて申し訳なかったと思っているのでしょうか。本心から本当は行きたくなかったのだ、旅先では雨に降られたのだから許してほしいと思っているのでしょうか。

そんなはずはないと僕は思います。ただ、「世間」の手前、そう言わないといけないと感じているだけです。だから、みんな、思っていることと反対のことを言うのです。でも、全員が心の中と反対のことを言うのなら、それは嘘だと分かっているのですから、もうやめた方がいいと思うのです。

同じ料理を食べて、みんな、美味しいと思っているのに、全員例外なく、しかめっ面して「まずい」と言わないといけないのなら、そんなこと、やめた方が精神衛生上ずっといいのです。

日本人は、口を開けば、「自分がどんなに大変か」を語ります。家庭でどんなに苦労しているか、仕事がどんなに大変か、どんなに忙しいか。そこまで、自分のしんどさをアピールすることがどうして必要なのでしょうか。そうしないと、「世間」は許してくれないのでしょうか。

抑圧としての「世間」にうんざりする人々

じつは僕は、「世間」に対して、こうやって「自分がいかに苦労しているか」という身振りをすることに、日本人はうんざりし始めているんじゃないかと思っているのです。

何かを渡す時の「つまらないものですが」という言い方がおかしいいんじゃないかと多くの日本人は思い始めています。「お口に合えばいいんですが」や「気に入ってもらえると嬉しいんですが」を使う人が増えてきました。

過剰に「世間」に怯《おび》え、へりくだり、謙虚を演じることにうんざりしている人が増えていると思っているのです。

この前、テレビを見ていたら、ジューサーミキサーを通信販売していて、紹介する女性司会者が、「今日は、新製品のジューサーミキサーを紹介させていただきます。では、さっそく、このオレンジをミキサーにかけさせていただいて……これをコップに注《そそ》がさせていただいて……飲まさせていただきます」と仮面のような微笑みで語っていました。

どこまで「〜させていただく」と言い続けるつもりなんでしょう。そこまで「世間」にへりくだって、息苦しくはないのかと、正面から聞きたくなります（この場合の「世間」は、テレビという性質上、不特定多数の「日本という世間」でしょう。もしくは、いつもテレビショッピングを利用してくれる「常連という世間」です）。

もし、「世間」というものが人格を持っていたら、この女性司会者に向かって「ねえ、慇懃無礼《いんぎんぶれい》って言葉、知ってる？　バカにしてるでしょ」と突っ込むはずだと僕は思っています。

だって、あなたの目の前で「このジューサーミキサー、使わさせていただいていいですか？　じゃあ、オレンジを入れさせていただいていいですか？　コップに注がさせていただいていいですか？　飲ませていただいていいですか？」と言われたら、あなたは、相手を「ああ、本当に丁寧で礼儀正しい人だ」と思いますか？

僕なら、「この人は、僕とコミュニケイションするつもりないな」と思います。僕に何を言われるか分からないから怯えていて、とりあえず、マニュアル通りの言い方をしているんだと感じます。

それは、じつは、会話ではなく、にこやかな「独り言」なのです。

「〜させていただく」という待遇《たいぐう》表現がいつのまにか、当たり前になってしまいました。「ここで休憩します」ではなく、「ここで休憩をとらさせていただきます」という言い方が定着しました。定着しましたが、僕はその言葉を聞くたびに、「誰にへりくだっとるんじゃい。誰の許可をもとめとるんじゃい。誰が許さんのじゃい」といつも苦々しく思っているのです。

そして、飲まさせていただきますと、4回もの「〜させていただきます」を連発する女性司会者は、快適なのか、と思うのです。「世間」のご機嫌を取って、丁寧に言い続けて、快適なのか。

僕は、「～させていただきます」と連発すればするほど、言ってる本人は息苦しくなっているとしか思えないのです。仮面のように張りついた笑顔がその証拠です。「～させていただく」と連呼すればするほど、人はサイボーグのような建前の顔になっていくのです。本音のコミュニケイションから離れるよそよそしさを実感します。

そして、4回も待遇表現を捧げる「世間」を、人々は本当に求めているんだろうかと思うのです。

この原稿を書いている2009年3月、WBCという野球の世界一を決める試合にのぞむ日本チームで、監督が髪を染めている選手一人一人に、黒く短い髪にするように要求した、というエピソードが紹介されていました。

ニュースにもなっていませんでした。ただのエピソードとして、茶髪にしていたり、長髪ぎみの選手に、監督が「それは、サムライジャパンらしくない」と言って、結果的には強制的に、黒く染めなおさせ、短髪にカットさせたそうです。

21世紀になっても、いい歳をした大人に、こんなことを言うのです。そして、日本人の誰も憤慨《ふんがい》してないのです。僕たち日本人は、大人になっても、自分の髪の色と長さを決められないのです。一生、高校野球に汗を流す高校生と同じ精神構造でいないといけないのです（実際のテレビ中継を見ると、少しだけ茶髪の選手もいました。週刊誌が嘘を書いてないとすると、監督は、強制できる人間とできない人間を分けたと考えられます。はからずも、「世間」が中途半端に壊れていることを証明したということです）。

第6章　あなたを支えるもの

「世間」の逆襲

「世間」は阿部謹也さんが研究を始めた20年前ごろからゆっくりと壊れ始め、さらに2000年代に入ってからの数年で激しく壊れていると、僕は書きました。

が、同時にこの数年、「世間」は徐々に力を盛り返しているとも感じます。

一方で壊れながら、一方で蘇《よみがえ》りつつあります。

それは、自然破壊と自然保護の比喩《ひゆ》で説明するのが分かりやすいでしょうか。ある場所では、自然はどんどん破壊されていて取り返しがつかない部分も現れ、そして、ある場所では、植林や汚水処理技術の発達などにより自然が復活している、ということです（もちろん、自然と「世間」はまったく違いますが）。

「世間」の復活を後押ししたのは、マスコミとインターネットという存在でした。

かつて「世間」は、所属する人たちの口から口へと伝えられました。

しかし、今の「世間」の多くは、マスコミとインターネットによって、伝えられるのです。

マスコミは、インターネットに比べて、相互批判と自己批判のぎりぎりのリミットがあります（と思いたいです）。個人の根拠のない噂を垂れ流し続ければ、さすがに、どこからか批判が起こります。

けれど、インターネットは、違います。

インターネットが伝える言葉は、かつての伝統的な「世間」の人たちのひそひそ話より、はるかに強力な力を持ちます。

ひとつの典型は、学校裏サイトに書き込まれているいじめの言葉たちです。

僕はかつて、朝日新聞の依頼で「いじめられている君へ」というタイトルで文章を書きました。

そこでは、「逃げろ。逃げることは恥じゃない。とにかく逃げろ」と綴《つづ》りました。

しばらくして、僕の文章に対して、「学校裏サイトからは、逃げられないんです」という書き込みをネットに見つけました。

「昔は、学校でいじめられても、家に帰ればホッとできた。でも、今は、家に帰っても、学校裏サイトにアクセスすると、自分に対する悪口が山ほど書かれている。だから、二十四時間、逃げきれないんです」という内容でした。

どうしても気になって、見てはいけないと思いながら、つい見てしまう、という気持ちはよく分かります。現実に何が話されているか気になり、そして、インターネット上でも話題についていこうとして覗《のぞ》いてしまうのでしょう。

けれど、真夜中に自分のことが書かれているかもしれないサイトを覗いてはいけません。そんなことをするのは、インターネットという存在に、まだ人類が慣れていない証拠です。それがどれほどの力を持ち、どれほどの巨人なのか分からないから、安易に近づいてしまうのです。

この書き込みに対しては、それでも、僕は逃げろと言います。死ぬことに比べれば、具体的に逃げることぐらい、何でもないのです。

奥深い山の中にも、南の果ての離島にも、小学校や中学校はあって、携帯電話の電波がうまく入らない場所なんてまだまだあるのです。そこまで逃げればいいのです。

それでも、どうしても気になるんだ、見てしまうんだ、不安でたまらないんだ、というのなら、海外の学校に逃げればいいのです。その時には、携帯もパソコンも絶対に持っていかないこと。

うかうかしていると、インターネットが作り上げる「世間」は、あなたをがんじがらめに縛《しば》ります。かつての「世間」以上に、あなたの意識を縛ることが可能なのです。

資本主義の「中世」化

「世間」の背中を押しているもうひとつは、「資本主義の『中世』化」です。前に紹介した『「世間」の現象学』の佐藤直樹さんによれば、経済格差によって、「資本主義の『中世』化」が起きているというのです。

孫引きになりますが、佐藤さんが引用している橘木俊詔《たちばなきとしあき》氏の「結果の不平等をどこまで認めるか」の文章。

実は、平等神話の崩壊ないし二極化現象は、所得という最もわかりやすい経済変動のみならず、社会階層といわれる職業、教育、そして資産においても同様にみられる。親のステイタスが子供のステイタスにそのまま受け継がれる社会、そして高資産がそのまま継承される社会になりつつある。階層間の職業移動がなくなり、いわば世襲や遺産移動によって、階層分化が顕著になっている。

この文章を受けて、佐藤さんは、これはつまり、「あらたな身分制度の登場」ということであり、それは、資本主義の「中世」化をもたらす、と書きます。

そして、「この『中世』化によって、『世間』はますます膨化・肥大化していく」というのです。

格差が固定化し、職業の継承が固定化すれば（医者の子供は医者、政治家の子供は政治家など）、「世間」の五つのルールは、そのまま残され、強くなるだろうということです。

佐藤俊樹氏の『不平等社会日本――さよなら総中流』（中公新書）の文章、「社会の一〇〜二〇％を占める上層をみると、親と子の地位の継承性が強まり、戦前以上に『努力してもしかたない』＝『閉じた社会』になりつつある」を佐藤さんは引用し、「近年とくに、社会上層の職業の継承が固定化していることを統計的にあきらかにしている」と書きます。

アメリカで言えば、アメリカン・ドリームの崩壊です。金持ちは金持ちを生み、エリートはエリートを生む。つまり、貧困は構造的に貧困を選ぶしかない社会です。

その現実に対して、アメリカでは、福音派という信仰を選ぶ人が増えているのです。

「世間」を感じるために他者を攻撃する

不況は、「世間」を強烈に意識させます。村落共同体社会においても、会社という「世間」においても、経済的に潤《うるお》っている時、利益が多い時は、「世間」の掟は厳しくけ人を縛りません。

1980年代後半のバブルの時代、儲《もう》かっている限り、茶髪やブランドスーツの社員を受け入れた会社はたくさんありました。

バブルの時代は、「会社」や「家庭」から自立する強い「個人」に注目が集まりました。けれど、収穫が減り、赤字になることで、「世間」は、一人一人の働きを問題にするようになります。

そして、不況の時代には、今まで考えられていた「世間」が、人を救う力などないんだという現実まであらわになるのです。

けれど、人は、支えてくれるものを求めます。苦しくなればなるほど、支えてくれるものを求めます。

あなたは何で自分を支えようとしていますか？

「世間原理主義者」になって、強い「世間」を復活させ、それによって自分を支えるという方法ももちろんあります。

否定的なことをずっと書いてきましたが、もちろん、この道を選ぶ人もいます。「世間」にもっと強くなって欲しいと願う人たちです。強い宗教を求めて福音派が生まれたように、「世間」に強さを求める人たちも当然、現れます。

伝統的な「世間」、会社や地域共同体は、かつて、「共存共栄」「平等分配」「互助精神」「助け合い」「お互いさま」などという言葉で表現できる形で人々を支えていました。

確かにそこには、喜びと快適さがあったのです。

「その夢よ、もう一度」と願うのは、無理もないこととも言えます。

ただし、伝統的な「世間」を現実の空間で、いきなり復活させるのは難しいでしょう。

多くは、まずネット上での主張として展開されます。

彼らは、「古き良き日本」に帰ろうと、伝統的な日本の素晴らしさや日本人が失ってしまったかけがえのない「世間」を語り続けます。そして、反日的な言動を見つければ大挙して押し寄せ、道徳心と正義感に燃えて、ブログを炎上させます。

彼ら「世間原理主義者」とブログの炎上が、しばしばワンセットで語られるのは、彼らが好戦的だからではなく、そうすることが彼らの存在意義だからです。

彼らは、伝統的な「世間」の良さを語るだけでは、精神的な満足は得られないのです。伝統的な「世間」を感じるためには、他者を攻撃する必要があるのです。

なぜなら、「世間原理主義者」がネット上で作り上げている「世間」は、実体を持った「世間」ではないからです。

阿部さんの定義である「自分と利害関係のある人々と将来利害関係をもつであろう人々」ではありません。

ただ、自分を支えて欲しいと意識的に作り上げられた「世間」なのです。村落共同体の構成員が生き延びるために、経済的な要請で自然に生まれた「世間」とは違うのです。

意識的に作られた「世間」では、常に自分がその「世間」に属していると確認しなければなりません。もちろん、「世間」は本来、「所与性」のものであって、自分がその「世間」に属しているかどうかを証明しようとすることは、本末転倒です。

そんな転倒した「世間」に所属していることを証明する一番確実な方法は、その「世間」を否定するようなことを言っている人を攻撃することとです。

常に「反日」的な書き込みに反応し、伝統的な「世間」を否定する人たちを攻撃することによってのみ、「世間原理主義者」は自分が日本の伝統的な「世間」に所属しているという〝幻の〟満足を得ることができるのです。そして、そうすることで、とりあえずの安心と連帯、安らぎを得るのです。けれど、それは実体のない「世間」ですから、常に自分がその枠組みの中にいると確認し続ける必要があるのです。そのためには、終わりのない追及と炎上が不可欠なのです。

「世間原理主義者」の中には、「電凸《でんとつ》」と呼ばれる、抗議する対象に実際に電話で突撃(問い合わせ)する人や、ネットでさらされている対象の写真をこっそりと撮りに行く人がいます。そして、その結果をネット上にアップし、さらに「世間」を強力にしようとするのです。

そうすることで、いつか、現実の世界にも「古き良き日本」が出現すると、「世間原理主義者」は信じている、はずです。

僕が大変だなあと思うのは、ネット上の「世間」を実感するためには、「世間原理主義者」の人は、永遠に「攻撃の対象」を探し続けないといけないことです。そして、もうひとつ、自分にも分からない理由で、「伝統的な日本を破壊する側」に立たされるかもしれない、という不安を実感するだろうということです。

伝統的な「世間」は、キリスト教の聖書のような「書かれた聖典」を持ちません。『贖《しょく》罪《ざい》規定書』のような、罪の一覧表もありません。ただ、それぞれの頭の中に、「古き良き日本」があるだけです。ですから、いつ、「それは、古き良き日本に反する」という突っ込みがくるか分からないのです。

「大安《たいあん》」や「仏滅《ぶつめつ》」を「古き良き日本」の伝統とするのか、お墓に水をかけるのはどんな意味があるのか、明治のはじめまで天皇家に仏壇があったことをどう考えるのか、というようなことに対する「公式文書」が「世間」にはありません。「古き良き日本」はイメージであり、一般の人々はもちろん、学者の解釈も多様なのです。

そういうものを原理的に守ろうというのは、かなり難しいだろうなあと、僕はいつも思うのです。

現実に、いきなり伝統的な「世間」を作ろうと思う人もいるでしょう。

濃密な集団、例えば、暴走族だったり、少人数の会社だったり、宗教団体だったり、特殊な趣味のグループだったり、少人数で強力な関係性を作り上げ、それを「世間」として、自分を支えようとする人たちです。

ですが、「個人」の快適さと「世間」の抑圧を知ってしまった現代人を構成員として、強固な人間関係の「差別的で排他的」な集団を維持し続けるのはとても難しいと思います。

例外は、その集団が儲かって儲かってしょうがない、というような奇跡的な経済的成功を続けている場合か、何年も色褪《いろあ》せない神のようなカリスマがいる場合、でしょうか。

そういうケースなら、その集団に安心して身を任せることができるのでしょう。
が、そうでない場合は、中途半端に壊れた「世間」を捨てて、自分たちで強力な「世間」を作ろうとするためには、たぶん、ネット上の「世間原理主義者」と同じ手法を使うしかないはずです。

つまり、共通の仮想敵を攻撃することで、「差別的で排他的」な集団を作り上げるのです。けれど、それも、終わりのない作業です。集団の共通の敵を発見し続けなければ、強固な仲間意識は維持できないのです。

そして、構成員の誰かが、突然、敵にされるかもしれないという、可能性と不安があるのです。

「共同体の匂い」に支えられるという選択

壊れかけた「世間」、つまり、中途半端な集団に支えてもらおうとすることも可能だと思います。

「共同体」を放棄して、「共同体の匂い」の中で生活する、ということです。

なんとなくの集まり、友だちと言いながらそんなに仲がよくなさそうな関係、お互いがただ淋《さみ》しいという理由だけで集まっているグループ、社員同士というだけで一緒にいる人たち、そういうぼんやりとした集団です。

そんな集団を支えにしようと決意した人たちは、「空気」という言葉を多用することになります。

けれど、前述したように、「空気」、つまり「共同体の匂い」だけでも人はとりあえず安心するのです。

電車に乗っていると、女子高生の集団が乗り込んできます。彼女たちは、楽しそうに会話します。やがて、駅で一人二人と降りていきます。僕は、手を振って降りていった女子高生の顔を窓越しに見ます。彼女たちは、ホームを歩き始めると、笑顔が瞬間的に消えます。本当に会話が楽しかったのなら、笑顔はゆるやかに消えるはずです。放物線のようなカーブを描いて、楽しさはゆっくりと落ち着くはずです。ですが、ほとんどの場合、笑顔は瞬間的に消えます。垂直に、楽しいという感情は落下します。

二人になり、一人がホームに降り、電車が発車した瞬間、車内に残った女子高生の笑顔は、一瞬で真顔になります。それは、彼女が本当には笑ってなかったという証拠です。

嫌な接待の後、相手がタクシーに乗って走り去った瞬間、一瞬で笑顔が消えることと同じです。本当に楽しいデートの時は、笑顔はゆっくりと消え、甘い切なさが残ります。

けれど、それでも、一人よりは安心するからこそ、女子高生は集《つど》うのです。ずっと一人よりは、無理して笑い、仮面の微笑みを身につけた方が、生きやすいと多くの日本人は思っているはずです。

僕が1年間、イギリスに留学した時、あまりに早口の英語に弾き飛ばされ、世界をまったく理解できず、だんだんと休み時間に一人でいることが多くなりました。ある時、一人のイギリス人のクラスメイトが話しかけてきました。彼の目には、上位の者が下位の者を憐《あわ》れむ匂いがありました。優れた白人が、淋《さみ》しい劣《おと》ったアジア人を心配している、という自己陶酔《じことうすい》にも似た偽善の匂いがありました。

それでも、僕は、話しかけられて嬉しかったのです。ずっと一人で、淋しくて、孤独だった時、相手は僕を内心、憐れみ、見下ろす形で話しかけていると分かっても、嬉しかったのです。

たぶん、留学してすぐの元気な時には、ムッとしていたはずです。その差別的な偽善の言葉に、ケンカをしていたかもしれません。けれど、一人の時間がどんどんと長くなり、孤独が骨の髄《ずい》まで染《し》み込むと、どんな形であれ、話しかけられることは嬉しかったのです。それは、自分自身、驚きでした。

「共同体の匂い」でも、人は生きていく希望をもらえるのです。

ただ問題は、「共同体の匂い」という「空気」に敏感になることは、常に、多数派を意識することになる、ということです。自分の意見に従うのではなく、常に多数派の意見を気にして、多数派の決断に従うようになります。

そうすれば、とりあえず、「共同体の匂い」に包まれて生きることはできます。友だちの集団、同僚の集団、趣味の集団、常に自分の意見ではなく、多数派の意見を探り、力のあるボスがいればボスの意見を探り、有能な司会者がいなければ、その瞬間の「空気」を読み続けることで、とりあえず、責められることはなくなります。

けれど、「共同体」ではなく「共同体の匂い」ですから、いつ、その集団がなくなるか分かりません。「空気」は、「世間」が流動化したものですから、多数派といえども、不安定でしょう。

そのたびに、自分の意見ではなく、「空気」、つまり、多数派を探し続けるのです。それは、とても疲れる作業だろうと予感します。

「空気」に敏感になるということは、じつは一瞬たりとも安心できない生活を選ぶということかもしれないと、ふと思うのです。

「家族」に支えを求めるという選択

「家族」に支えを求める人もいるでしょう。お互いを、自立し独立した人間として尊重し合いながら、お互いが助け合う、という理想的な関係が作れれば、素敵な「共同体」になるでしょう。「家族」を「世間」と呼ぶ人は少ないかもしれません（昔のような、三世代同居の大家族なら、それは「世間」のイメージですが）。あなたを支える安心と信頼の場になればいいのです。

けれど、抑圧と否定の場に「家族」がなることも普通にあります。

親と子の「共依存」も問題になっています。お互いがお互いに精神的に依存して、お互いに息が詰まり、お互いに逃げ道がなく、お互いを厭《いと》わしく思っている、それでもお互いが離れられない関係です。

「世間」は「共通の時間意識」によって動いていると書きました。つまりは、親はいくつになっても親、子供は40歳になっても50歳になっても親の前では子供、と思われているのです。

そのルールに、「家族」の中でも、当然、日本人は従っています。ある年齢になったからと言って、お互いを独立した大人として認め合うという関係には、なかなかならないのです。

伝統的な「世間」の崩壊が激しくなった結果、「家族」というセイフティー・ネットに人が集まりました。

仕事を失って田舎の親元に戻ったり、電話して無心を繰り返す以外にない人たちの存在です。

そういう現実を悪用したのが、私はあなたの子供であると名乗る「振り込め詐欺」です。親も子供も、「家族」というセイフティー・ネットに頼らざるを得ない現実を悪用したのです。

ほんの少し強い「個人」になる

アメリカ的な「自己責任」を要求する政治家やマスコミは、「なんの支えも必要としない強い個人になれ」というメッセージを送っているのかもしれません。

「自己責任」を語る政治家が派閥という「世間」から自立し、マスコミ人が記者クラブという「世間」から独立しているのなら、その人は、とても強い「個人」なのでしょう。

彼らのことはさておいても、「共同体」や「共同体の匂い」に安易に乗りかかることを拒否して、強い「個人」であり続ける、という選択肢は、もちろんあります。

日本人が「共同体」と「共同体の匂い」に怯えず、ほんの少し強い「個人」になることは、じつは、楽に生きる手助けになるだろうと僕は思っています。

僕はワークショップという表現のレッスンの時に、いつも、初対面同士の参加者に自己紹介をしてもらいます。参加者の年齢は10代後半から40代、50代までさまざまです。

その時、日本人は、最初の二、三人が同じ言い方をしたら、残りの二十何人も、みんな同じ言い方になります。

例えば、最初の人が自分の出身地と年齢を言って、二人目、三人目も同じように出身地と年齢を言えば、残りの人はみんな、そのことを言います。それが、「空気」となって、みんな従うのです。

でも、そんな「空気」は、じつは、実体のない「空気」です。有能な司会者が求めている「空気」ではありません。そういう時、出身地や年齢を言わず、例えば、自分の趣味や最近はまっているものを言う人が15番目ぐらいに現れると、集団全体がホッとします。みんなが安堵《あんど》した顔を見せることによって、じつは全員が同じ言い方をすることに重苦しさを感じていたと気づくのです。

ほんの少し「個人」がしっかりした人は、同じことを言うことに意味がないと思って、幻の「空気」がそこにあっても、自分の言いたいことを言います。

これぐらいの「個人」の強さは、必要だと思っています。それは、その方が快適だからです。よく、「いいのかなあ？　これいいよね、ねえ」と大きな声で周りに問い続ける人がいます。誰かの言葉を待っているのです。

そういう弱い「個人」では、生きていくのは大変だと思います。

日本人の若い女性は、よく「トイレ行っていい？」と聞きます。これも、そのまま翻訳すると欧米人は驚きます。いったい、なぜトイレに行くのにいちいち許可を求めなければいけないのか。もし、ダメだと言われたら行かないのか、それでガマンできるのか、と理解できないのです。

「(失礼して）ちょっとトイレに行ってきます」と欧米人の若い女性は普通に言います。許可を取ることではないからです。

自己紹介も、欧米では、言わずもがなですが、バラバラです。何人かが同じことを続けたからと言って、無理にそれに従おうと思う人はいません。その理由はもう、お分かりですね。それは、欧米人が自立しているからでも大人だからでもありません。

ただし、「個人」を強くする、というイメージには、無理をしてでもとか、修業とかの、日本人が大好きな精神性が登場しがちです。歯を食いしばっても、強い「個人」になろうと努力する感じです。

でも、そんなことでは長続きしないと僕は思っています。もし、「個人」が強くなれる理由があるとすれば、その方が快適だからです。じっと「空気」に押しつぶされてガマンするより、「王様は裸だ」と叫ぶ方が快適だからそうするのです。個人の自立とか社会変革とかのスローガンではなく、生きるのが楽になるからするのです。

「前向きの不安」と「本物の孤独」を手に入れれば、「個人」であることはずいぶん快適になります。それを『孤独と不安のレッスン』に書きました。

けれど、「個人」しか自分を支えるものがない状況は、辛いだろうなあと心底思います。

あなたは何で自分を支えますか？

具体的に言えば、どんな「共同体」を支えとして選びますか？

僕は、何を選ぼうとメリットとデメリットはあると思っています。別の言い方をすれば、喜びや快適さと、苦労や苦しさの両方があるだろうということです。

喜びと快適さしかない解決方法はないのです。

そんな万能の解決方法があれば、みんな飛びついているはずです。けれど、残念ながらそれはありません。福音派の人々でさえ、神を信じる喜びと、神の御心《みこころ》に背《そむ》くこの世界をなんとかしなければいけないという苦しみの両方を持っているのです。

第7章　「社会」と出会う方法

「世間」に向けて発信した秋葉原通り魔事件の被告

伝統的な「世間」「空気」「家族」そして「個人」。どの支えを選んでも、苦労と喜びがあります。魔法のような解決方法はありません。ならば、ここまで、一度も出なかった「社会」はどうでしょう。

2008年6月の秋葉原の通り魔事件の被告は、1000回以上、おそらく2000回前後、携帯サイトの掲示板に書き込みをしていました。

「みんなさようなら　俺がなにか事件を起こしたら、みんな『まさかあいつが』って言うんだろ」

「『いつかやると思ってた』そんなコメントする奴がいたら、そいつは理解者だったかもしれない」

「俺にとってたった一人の大事な友だちでも、相手にとっては100番目のどうでもいい友だちなんだろうね　その意識のズレは不幸な結末になるだけ」

「また別の派遣でどっかの工場に行ったって、半年もすればまたこうなるのは明らか」

最初のうちは、彼の文章に返事を書いたり、反応したりする人もいました。けれど、彼は執拗《しつよう》に自分は不細工《ぶさいく》であり、どんな努力をしてもムダで、もてないんだと繰り返します。

「あなたが想像できる限りの不細工以上の不細工です」

やがて、誰も反応する人はいなくなり、掲示板は、彼の独り言の世界になります。

そして、犯行当日も、掲示板に、「秋葉原で人を殺します」と書き込むのです。

7人を殺害し、10人を傷つけるという凄惨《せいさん》な犯行後、彼は、「ネットの犯行予告に気づいて、誰かが止めてくれればよかった」と、語りました。

犯行直前の1週間、彼がどんな書き込みをしたか、ほぼ全文は、ネット上に残されています。彼に興味を持った人が、携帯サイトからいちいち手書きで（コピーではなく、キーボード入力で）移したのです。

紹介した文章でも分かると思いますが、彼の文章は、どれも短いものです。長くて最大

5行ほど。平均は、3行から2行。1行だけというのも多いです。

それは、他の人からなんの反応もなくなってしまう前からの特徴です。まだ見ぬ、幻の理解者に向かって、自分の気持ちをただ吐き出すだけの文章です。客観的な説明を省いた、同じ共同体に所属している人たちに向かっての文章です。「世間」は、「同質な人間が集まった」集団であり、長い説明をしなくても、分かってもらえる人間関係です。

つまり、彼の文章は、伝統的な（理想的な）「世間」に向かって書かれたものなのです。それは、日本の田舎にずっと残っていた人間関係とも言えます。被告の出身地の青森県にも残っていたはずです。

もちろん、彼が青森の高校に通っていた時期に、そんな伝統的な（理想的な）「世間」が完全な形で残っていたとは思えません。ただ、理想的な「世間」の記憶は、都会出身の人間よりは、強固に残っていたのじゃないかと思うのです。そして、彼が住んでいた「世間」は、都会よりは壊れ方が少なかったはずです。

そこでのコミュニケイションは、長い説明が不要であり、短い言葉で分かり合える関係なのです。

「社会」に向かって書くということ

彼は、故郷青森という「世間」を出た後、派遣先の会社でも、寮のある地域でも彼を守ってくれるセイフティー・ネットとしての「世間」と出会うことはできませんでした。

だからこそ、彼は、自分を守ってくれる「世間」をネットの向こうに夢想したのです。

そして、彼を受け入れ、守り、理解してくれる理想の、つまりは幻の「世間」に所属しているはずの他のメンバーに向かって、短い言葉を出し続けたのです。

もちろん、そんな「世間」など、ネット上にも、ネットの向こうにもありません。

ここで僕は想像するのです。

もし、彼が、「世間」と「社会」の違いを理解していて、彼が探し求めている「世間」など存在しないとはっきりと理解していたらどうなっていただろう。そして、「世間」が存在しないのなら、代わりにネットの向こうにある「社会」に向かって発信しようと考えたら、どうなっていただろう。

「世間」に向かって書くとは、自分の思ったことを思ったように書くだけのことです。共通のバックボーンを持った人に向けた文章でくだくだと説明するのは、かえって他人行儀と思われてしまいます。

「社会」に向かって書くとは、自分がなぜそう思ったかを、一定の情報を相手に与えながら、つまりは必要な情報を交えて、自分の気持ちを書く、ということです。

まったく違ったバックボーンを持った人に理解してもらうためには、ちゃんとした状況説明が絶対に必要なのです。

当然、ある一定の長さが必要になります。長過ぎても「社会」は読んでくれませんが、3行ぐらいでは、必要な情報はとても伝わりません。

「社会」に向かって書くとは、自分と違う世界に住んでいる人にも事情を理解してもらえるように書く、ということなのです。

うまくいけば、ネットの向こうの「社会」に住む、自分となんの関係もない相手に対して、適切な情報と面白い表現でなにかを伝える説得力を生むようになるのです。

僕がこんなことを言っているのも、彼はそういう文章を書ける能力があったと思うからです。

「俺ってゴミ以下だ。ゴミは回収してリサイクルできるから」

この表現は、たいしたものだと思います。自分をちゃんと批評的に突き放して、表現にしています。

犯行の6時間前の書き込みにこんなのがあります。

「全員一斉送信でメールをくれる　そのメンバーの中にまだ入っていることが、少し嬉しかった」

これなど、季語のない現代俳句として読んでもいいとさえ、僕は思います。

もし、彼が、「世間」に向かってではなく、同質ではない人たちが集まる「社会」に向かって書こうと意識していたら、彼女は見つからなくても、派遣社員の苦しみと不安を語ることのできる、最低でも一人の相手を見つけられたんじゃないかと、僕は楽観的に思うのです。

彼はたった一人を求めていたのです。何も、ネットで人気者になるとか、人気投票の上位になるとか（そういうシステムの掲示板ではありませんでしたが）、そんな大きな成功を夢見ていたのではないと、彼の書き込みを読むと感じるのです。

たった一人、「人を殺すなんて冗談でしょ。本気ならやめたら」という書き込みを彼は待っていたんじゃないかと、僕は考えます。そして、たった一人の言葉で、彼は人を殺さなかったのではないかと、楽観的に考えたいと僕は熱望するのです。

彼と比べると内容はまったく違うのですが、僕が早稲田大学の文学部で客員教授として教えている時、童貞を自慢する男がいました。

表現のレッスンとしての授業だったので、昔懐かしい「椅子取りゲーム（フルーツ・バスケット)」なんてものもやります。

みんなで輪になって椅子に座り、一人、輪の真ん中に立っている人が、「犬を飼っている人!」なんて叫ぶと、当てはまる人は立ち上がり、別の椅子に座る、という、たぶんあなたも知っているゲームです。

僕のやる「椅子取りゲーム」は、ひとつだけルールがあって、「自分に当てはまることしか言わない」というものです。

つまり、輪の真ん中で、「睡眠不足の人!」と叫べば、自分は睡眠不足なんだ、ということです。「昨日、お酒を飲んだ人!」という場合は、自分は昨日、お酒を飲んだ、ということになります。

で、ある時、真ん中に立った学生が、「童貞の人!」と叫びました。残念ながら、誰も椅子から立ち上がりませんでした。童貞の学生が誰もいないのではなく、その場の雰囲気で言えば、そんなプライベートでナイーブな問題を、いくらゲームでも授業中に言うことが信じられない、という感じでした。

僕も思わず「そんな大切な個人情報は、君の胸の奥にそっとしまっておけ」と声をかけました。

彼は、「別に平気ですから」とおどけて言いました。その自虐《じぎゃく》が非常に痛く感じました。

とても真面目な学生だったので、自分が「25歳で童貞」という事実をどう受け止めていいのか分からないようでした。

それが5月のことだったのですが、その後、彼は、なにかあると「童貞ですから」と言い、「そんな切ない告白はもういい」と僕が返すと、「いえ、僕は童貞を守り続けますから」と自虐的に答えていました。

夏休みが明けて、彼がいきなり僕のところに来て、「童貞を卒業しました」と報告しました。

「風俗に行ったか!?」と思わず叫んだのですが、彼は、恥ずかしそうに「いえ、彼女ができたんです」と少し顔を赤らめました。彼の事情はこうでした。

彼は、ｍｉｘｉの「童貞コミュニティー」に参加して、自分が25歳で童貞で、そのことをどう思っていて、自分はどうしたいかをずっと書いていたと言います。で、そのうちに、童貞のことだけを書くのもネタがないので、自分が見た映画や演劇、読んだ本のことも書くようになったと言います。

で、そのまま、自分のブログにもいろいろと書いているうちに、読者が現れたというのです。それが、なんの偶然か同じ早稲田の女子学生だったのです。

彼女は、童貞のコミュニティーで彼を知ったので、彼も自分が童貞だとバレているのでごまかす必要もなく、逆に虚勢《きょせい》を張る必要もなく、気楽にメールを交換するようになって、恋に発展したそうです。

ちゃんと自分の思いを、ある一定の文章にしたから、彼は彼女と出会うことができたのです。もし彼が、自分が童貞であることを、2〜3行の文章で書き続けていたら、決して、読者はつかなかったでしょう。

彼は、幻の「世間」に向けてではなく、「社会」に向けて文章を書いたのです。だからこそ、「社会」に住む彼女と出会うことができたのです。

インターネットには、こんな力もあるのです。

人間がどこまで最低になれるかの実験を続けているのがインターネットですが、同時に、まだ見ぬ人と出会う可能性を広げてくれるのもインターネットなのです。

否定的な面だけを語られがちなインターネットですが、肯定面と否定面が際立っているのです。だからこそ、安易に近づくと大怪我《けが》をするのです。

インターネットの一番の肯定面は、自分で「共同体」を選ぶきっかけを見つけられるということです。

「世間」の特徴は、「所与性」だと書きました。自分が選ぶのではなく、与えられるものです。けれど、インターネットは、自分の所属する共同体を選び取る可能性を、私たちに与えたのです。

今いる場所に息が詰まり、支えではなく、抑圧だけを感じる時、インターネットは、別の共同体を選び取るためのきっかけをくれるのです。

もちろん、それは、きっかけにしか過ぎません。けれど、始まりなのです。

性犯罪被害にあい、何ヵ月も引きこもっていた女性が最初にしたのは、インターネットで同じような被害にあった人たちを探すことでした。ネット上には、レイプの苦しみを語る女性がたくさんいて、その苦しみから立ち上がろうとするネットワークがありました。彼女は、自分は一人ではないと自覚し、もう一度、生きようと思ったのです。

日本語は「世間」と共に生きている言語

インターネットが、他の「共同体」と出会うツールになるのは、じつは、日本語の問題も関係しているのです。

日本語は、御存じの方もいらっしゃると思いますが、相手との関係が決まらないと発言できない言語です。

日本語は、「世間」と共に生きている言語なのです。相手が年上なのか、年下なのか、うんと偉いのか、普通なのか、自分より下っぱなのか。

それが明確にならないと、山田太郎という人に向かって、「山田さん」なのか「山田」なのか「あなた」なのか「君」なのか「ちょっと」なのか「山田先生」なのか、なんと言い出せばいいのか分からないのです。

年下の女性が、いきなり、自分の上司になった、なんていう状況は、日本語にとってはとても混乱する状況なのです。

「年下なのに上司」という状況は、建前の言語、つまり「社会」に住む相手としては、まだなんとかなりますが、自分の「世間」に住む相手としては、例えば、酒の席で本音を話そうとすると、なかなか、難しいものがあります。

それに、「女性」というファクターが入ったりすると、もう、腹を割った時にどこまで丁寧に言えばいいのか、どんな言い方をすれば一対一の会話になるのか、戸惑わない日本人はいないでしょう。

メールは、そういうやり取りをいきなり、フラットにしてくれます。バカ丁寧な手紙の時候の挨拶を抜きに、比較的簡単にコミュニケイションできるのが、メールであり、メールおよび掲示板の文章が、「世間」の垣根を越えて、「社会」と出会うのは比較的簡単なのです。

『「関係の空気」「場の空気」』(冷泉《れいぜい》彰彦著　講談社現代新書)では、アメリカ人に日本語を教えている著者ならではの、日本語についての鋭い分析がされています。

冷泉さんは、英語と比べても日本語は言語として劣っているわけではないとして、日本語の特徴を以下のように書きます。

むしろ問題は、日本語がコミュニケーションのツールとして、過剰な性能を持っている点にある。

不要な部分をそぎ落とし、省略表現をすることで、豊かなニュアンスを伝える機能。敬語や、性別の話法などで、関係性の役割を規定し、そこから表現を「外す」ことで多様なニュアンスを付加する機能。

こうした機能をうまく使うことで、日本社会の近代化が進むと共に、さまざまな文化の華が開き、一人一人の人間は日本語による会話を楽しんできた。

コミュニケーションがうまくいっている限りは、日本語は切れ味の良い、効率の良い言語に違いない。

だが、この日本語が本来の性能を発揮するには前提がある。

それは価値観や、常識といった情報が、話し手と聞き手の間で共有されているという前提だ。この前提が崩れたとき、日本語は本来の性能を発揮できないばかりか、機能不全に陥るというわけだ。

「社会」と出会うための日本語

英語には、「you」という一言しか、相手を指す言葉はありませんが、日本語には「お前」「あんた」「君」「あなた」「貴様」「てめえ」「おたく」とさまざまな表現があり、そう表現するだけで、それぞれの豊かなニュアンスを伝えることができる。これが、「コミュニケーションのツールとしての過剰な性能」ということです。

だから、日本語は「空気」を生みやすい言語だ、と冷泉さんは言います。

評判のラーメン屋さんで男二人が、ラーメンを食べながら、

「うーむ、というわけか」

「そういうことだ」

とだけ会話するシチュエイションを例に、これは日本語に特徴的な省略表現であり、これだけで、ラーメン好きな二人の会話として充分成立していて、なおかつ、二人の間には、ある「共感性」が生まれているとします。

それは、「一般的に省略表現では、省略をすることで『空気を共有している』という親

近感のメッセージを送りつつ、暗号解読のカタルシスを瞬間に感じているからである。そして、表現全体に一つのスタイルがあり、そのスタイルに参加する喜びもあるからだ」と書きます。

日本語は、大胆な省略表現を使えることによって、「空気を共有している」空間を作りやすい言語だというのです。

けれど、それは、逆に言えば、その場の「空気」に振り回されてしまう言語だということです。

冷泉さんは、今の日本は、「場の空気」が濃密に重く淀《よど》んでしまっていて、それを弾き飛ばすために、「です、ます」の丁寧語を使うことを提案するのです。

これは非常に面白い意見だと思います。

冷泉さんは、敬語は、若い人には「服従の言葉」というイメージがあるかもしれないけれど、それは間違いであり、「敬語とは話し手と聞き手の対等性を持った言葉」だと言うのです。そして、「いわゆる『タメ口』」は「むき出しの権力関係を持ち込んだ不平等な言語空間を作り出す」とします。

なぜなら、タメ口と呼ばれる、相手と対等に話そうとする言葉は、「ニュアンスがむき出しに」なり「内容も、表現の細かなところにも、感情や権力関係がむき出しにな」り、

「自尊心も、卑屈《ひくつ》な感情も、無神経さも何もかもがむき出しになる」というのです。

そして、「その結果として、極めて近くて対等な人間関係でもない限り、安定的な『空気』はできない。タメ口が平等だというのは幻想である」とします。

そして、その代わりに、「です、ます」調の話し方を教育現場で教えるべきだとするのです。

学校という小社会を「異なる立場、利害の人間の集合体」として位置づけ、その中で他者との距離感をコントロールしながら、問題の落とし所を決める作業に参加させ、人々の共存していく知恵を授けるには、敬語を中心とした待遇表現を教えるべきであろう。

そして、「です、ます」調を、会話においては、敬語の一種とはしないで、「むしろ『です、ます』こそ日本語の会話の標準スタイルなのだとして、学校教育でも社会の中でもしっかりとそのコミュニケーション能力を磨くことが必要なのではないだろうか。『です、ます』を、『丁寧語』という敬語の一種として特別視することを止めるべきではないだろうか」と書きます。

これは、つまり、日本語を一度、相手の立場という「世間」から自由にし、ニュートラルにしようという提言です。

年齢や社会的な上下にかかわらず、初対面の人間同士はこの「です、ます」という標準会話によって最初の信頼関係を確立すべきだし、公的な場、とりわけ利害や前提知識に差のある人間の集まった場でも「です、ます」を通すことで、その場の参加者全員と等距離の関係を築くべきだろう。

これはまさに、メールの世界で先に実現していることです。メールは、新しいメディアであり、年配の人よりも若者が積極的に参加していることによって、手紙よりもはるかに会話体の文章が多くなっています。つまり、書き言葉よりは、しゃべり言葉に近いのです。そして、手紙文の常識で言われるような、過剰な「世間」の表現、例えば時候の挨拶や形式ばったへりくだりが自然に淘汰《とうた》されているのです（もちろん、同質で理想的な「世間」に向けた「タメ口」のメール、掲示板の書き込みもあります。常連相手ならそれは当たり前のことでしょうが、初対面の相手に向かって「タメ口」のメールを送ることは、冷泉さんが指摘するように、ニュアンスがむき出しになって、うまくいかないことが多いことは、読者も体験していると思います)。
さらに、「親しい人間同士の個人的な会話であっても、その場に第三者がいて内容を聞いている場合には、あえて『です、ます』を通して、聞いている人間の存在を認めることも必要である」と書きます。

この「です、ます」という標準スタイルを通じて、会話に参加している人間同士の「対等性」や「適切な距離」を置く、つまり公共性というものを実現することができれば、日本社会の閉塞感も和《やわ》らぐのではないだろうか。

これは、異文化と多民族がなんとかコミュニケイションを取ろうとするアメリカで、英語が果たしている役割なのです。

アメリカにも、もちろん、特定の集団にしか通じないスラングがあり、特定の言葉があります。けれど、共通の話題の時には、ニュートラルな英語で議論することが人前提です。そして、英語は、そもそも、日本語に比べて、ニュートラルの立場に立ちやすいのです。

敬語とは「上が下を支配するための道具」なのではなく、誰もが社会の中で他者と関わるための公共性を確保する「フォーマット」なのだ。

まさにこれは、「社会」の人間と会話するための実践的な戦略です。冷泉さんは、こうやって、丁寧な英語を使いながらアメリカ社会で生き延びているんだと想像できます。「です、ます」を使うことは、メールやインターネットの掲示板だけではなく、現実の世界でも、自分の今いる「世間」を飛び出し、まだ見ぬ「社会」と出会う方法なのです。それは、日本で、「世間」ではなく、「社会」と交渉するための必要な戦略なのです。

「世間」の言葉・「社会」の言葉

私たち日本人は、「世間」で流通する言葉に本音を乗せ、「社会」で流通する言葉に建前だけを乗せてきました。

すると、どうなるかというと、本音をしゃべる時は、「世間」で流通する言葉が中心になってしまうのです。

電車の中で、騒いでいる人たちに向かって、苛立《いらだ》ちが高じると、「うるさい！」とか「静かにしろ！」という言葉が出る人が多くなります。これは、本音の言葉、「世間」の言葉です。

ですが、こういう時こそ、「です、ます」が必要なのです。それは、ニュアンスをむき出しにしないで、相手と交渉する方法なのです。

「すみません。静かにして下さい」と穏やかに言うことが、相手と交渉するためには重要なのです。

日本人は、なかなか、断れません。「NOと言えない日本人」と誰かが言いましたが、日本人が「NO」と言う時は、かなり思い詰めた時です。

「NO」と言う日本人は、たいてい、思い詰めた顔をしています。もしくは、「すみませんねえ」と何度も恐縮しながら、本当にすまなそうに言います。

それは、今までずっと「世間」に生きていたと思っているからです。「世間」は、あなたを救うセイフティー・ネットでしたから、基本的にあなたの不利になるような提案はしません。それがわずらわしいものでも、巡り巡ればあなたの利益にもなるものでした。ですから、そこで「NO」と言うのは、よほど特殊な事情、決意が必要だったのです。そして、「NO」と言うことで、「世間」からなんらかのしっぺ返しがあるだろうと身構えました。

欧米人と仕事をして驚くのは、彼らが、微笑みながら、もしくは笑って「NO」と言うことです。それは、「NO」と言うことに、日本人ほど深刻さも精神的重圧もない、ということを意味しています。

それは、ずっと「社会」に生きているからです。「社会」は、今まで、不利になる提案をすることもあれば有利な提案をすることもありました。ですから、断るのは、当たり前のことなのです。

それを、欧米人は自立している、などと言ってはいけません。日本人は、かつては神であった「世間」の記憶が染み込んでいるのです。ですから、まったく知らない他人や会社以外の提案には、どこか神の匂いを感じてしまうのです。知り合いを通じての依頼なら、まさに、「世間」の記憶が顔を出します。

それを断るのは、日本人には本当に勇気のいることなのです。だから、なにかを断る時、日本人は思い詰めて、深刻な顔になるのです。もしくは、ガマンにガマンを重ねて、どうしても堪えきれなくなった時に、「これだけガマンしたんだからもういいだろう」と爆発しながら断るのです。

私たちが、「家族」からのお願い、会社からの人事異動の打診、地域からの依頼を断る時、本当に気が重くなるのは、完全には壊れ切っていない「世間」の意識があるからです。

格差社会で「世間」が強くなれば、その気の重さもどんどんと強くなります。
もちろん、欧米人には、なぜそんなに気が重いのか、パーティーへの誘いを断ること、提案を断ること、仕事をやめることが、どうしてそこまで深刻なことなのか、まったく理解できないのです。

コンビニやスーパーでの挨拶が、すぐに「独り言」になってしまうのは、日本人が「社会」と話すことに慣れてないからです。

ずっと「世間」としか話してきませんでしたから、そして、「社会」は無視してきましたから、にこやかに「社会」の人に話しかける、という回路がないのです。そして、「独り言」になった時に、それが「独り言」であるという自覚も希薄なのです。相手は、「社会」に住む人ですから、存在しないと同じなので、「独り言」になってもその意識が低いのです。

相手に迷惑かどうかはぶつかってみないと分からない

「自分の子供にはどんなふうに育ってほしいですか？」と聞かれて「他人に迷惑をかけない人間に育ってほしい」と語る母親がいます。

ぜいたくは言わない。勉強もそこそこでいい。ただ、「他人に迷惑をかけない人間になってほしい」。

いきなり、僕の直感で断定しますが、この言葉を使う母親は、働いた経験がない人か年数が少ない人が多いと思っています。

つまり、保育園より幼稚園でこの言葉は多発されていると思っているのです。

この時の「他人」というのは、「世間」の人たちです。それも、この言葉を使う人は、伝統的な「世間」をイメージしていると思います。

「世間」であれば、共同体の共通の目的があります。その共同体が何を求めているのか、はっきりとしています。だから、何が迷惑となるか、よく分かるのです。

共同体の目的のために、自己の欲望を抑える、ということが大切なんだと分かるのです。

けれど、「世間」が崩壊し始めると、同じ目的の「共同体」というものをイメージしにくくなります。

そして、競争社会になればなるほど、利潤を追求する企業は、自らの欲望に忠実になります。それはまさに「社会」です。

そして、ビジネスとは、お互いの対立する利害を調整しながら、相互に利益を生もうとする活動です。どちらか一方だけが、バランスを欠いた利潤を出し続けていては、現代の経済活動は成立しません。

つまりは、まずは、自分の欲望に忠実になることが、大切なのです。なぜなら、「社会」に生きる者同士、それが、「迷惑」になるかどうかは、お互いの欲望をぶつけてみないと分からないからです。

何が「迷惑」なのか分かっているのは、「世間」です。けれど、グローバル化が進めば、自分の活動や欲望が、相手の「迷惑」になるかどうかは、実際にぶつかってみないと分からないのです。

そして、「迷惑」だと相手が考えていると分かったら調整すればいいだけのことです。けれど、やる前には分からないのです。相手を傷つけるとか、人のものを盗むとかの話ではないですよ。そんな人間として根本的なことを言っているのではありません。

働いている母親は、ビジネスにおいては利害はしばしば対立すること、それは「迷惑」と言ってしまえばそれまでだけど、お互いにとっては正当な欲望と活動だということ、それが対立しているだけだということ、それを「迷惑」などという感情的な言葉でまとめるのではなく、お互いが納得する方法を見つけることが大切なこと、ということを分かっていると思います。

そうすると、単純に、「他人に迷惑をかけない人間になってほしい」などと言えない、ということが分かるのです。

もちろん、この願いは、典型的な日本人の考え方です。欧米で、この言葉を言うと、「その子供は、いつも刃物を振り回して凶暴なのか!?」とか「まったく理解できない。子供の可能性をすべて否定したいのか?」と言われるのです。

新しい学力として定着してきた、OECDが提唱するPISA式学力というのは、この「何が迷惑になるか分からない人たちの中でどうやって生きていくか?」という智恵をつけるためのものです。

2003年に世界数十ヵ国で行われ、日本の子供たちも受けたテストでは、「落書きは、社会の迷惑である」という意見と「落書きを責めるのなら、街の空間に乱立する商業看板を問題にしないのはおかしい」という二つの意見を元に、両者の違いを説明させるところから問題は始まっています。

「異文化の中でどうやって生きていくか」ということが求められているのです。

日本では、「他人の迷惑にならない人間」と言う時、自分のやることが「迷惑」になるのかどうか、常に考え続けることを求められます。伝統的な「世間」がまだ機能していた時は、なんとかなったでしょう。構成員が何を求めているのか、何を嫌がるのか分かっていたのですから。

けれど、今は違います。

ビジネスの例のように、自分のやりたいことをやる時、他人とぶつからない人はいないのです。子供二人が同時に「ブランコに乗りたい」と言ったとしたら、問題は、それを相手が「迷惑」と感じるか、お互いの正当な主張と感じるかだけなのです。お互いが正当な主張なら、そこから交渉が始まるのです。

子供の頃から「他人に迷惑をかけない人間になれ」と言われ続けた人は、他人との接触を避けるようになります。何が「迷惑」か分からず、常に考え続けなければならず、自分が明確な欲望を持ってしまうと他人と対立することになり、それが「迷惑」と考えてしまうからです。

他人に頼ることを避け、自分がはっきりとした欲望を持つことに戸惑い、人間関係から逃げ続けるのです。

けれど、他人と交わらないで生きていける人なんかいないのです。問題は、繰り返しますが、相手がそれを「迷惑」と感じるかどうかなのです。

求められるのは、「相手を思いやる能力」ではなく、「相手とちゃんと交渉できる能力」なのです。

他人との距離が、極端な2種類しかない若者が増えてきていると僕は思っています。

思いっきりタメ口の馴れ馴れしい距離と、「すみません」を連発するよそよそしい距離しかない若者です。それは、理想的な「世間」を相手に求めるか、相手がまったく関係のない「社会」に住んでいると決めつけるか、の二つの世界にしか生きてないことだと思うのです。

「社会」とつながるということ

あなたが今生きる「世間」がうっとうしく、息が詰まるようなら、そして、その重苦しさの割には、あなたを支えてくれないと感じるのなら、僕は、「世間」からゆるやかに「社会」にはみ出していくことを提案します。

「世間原理主義者」のように伝統的な「世間」の復活を試みるのではなく、「世間」をゆるやかに「社会」の方に溶かすのです。

何に頼ってもメリットとデメリットがあると僕は書きました。

僕は、この方法が、一番、苦しみと喜びを比べた時に、楽しい方に天秤《てんびん》が傾《かたむ》くのではないかと思っています。

阿部謹也さんは、日本人は「世間」と「社会」のダブルスタンダードに生きていると書きました。どちらかと言えば、それはネガティブなイメージでした。生き延びるためにしようがなく選んだようなものでした。

けれど、積極的にダブルスタンダードを活用してもいいんじゃないかと僕は思うのです。

つまり、前向きに「世間」と「社会」を往復するのです。

あなたの生きる「世間」がセイフティー・ネットとして機能せず、ただ息苦しいだけなら、その「世間」を飛び出し、「社会」と出会う旅を始めるのです。つまり、「所与性」と言われる、無条件に与えられた「世間」を捨て、「社会」とつながることで大きく深呼吸するのです。

それは、「複数の『共同体』にゆるやかに所属すること」ということです。

複数の共同体にゆるやかに所属する

「世間」から具体的に逃げ出す方法もあれば、精神的に逃げ出す方法もあります。

つまり、「差別的で排他的」な職場やクラスの雰囲気が嫌だという時、具体的に逃げ出すとは、そこをやめることです。

けれど、生活のためにそんなことができない場合、精神的に逃げ出すのです。

それは、「世間」と「空気」を、今まで客観的・相対的に分析してきたからこそ、できることなのです。

まず、その集団は「世間」として機能しているのか、すでに「空気」のレベルなのかを観察しましょう。

もし、まだまだ強固な「世間」が残っていると感じるなら、または、不況によって強固な「世間」が戻ってきたと感じるのなら、「世間」の五つのルールのうち、どれが特に強力に働いているのかを観察するのです。

「長幼の序」を振り回す人が多いのか、「共通の時間意識」を大切にしている人が多いのか、「贈与・互酬の関係」を求めている人が多いのか。

もし、「空気」と言っていいレベルだと感じたのなら、五つのルールのうちどれが欠けているのか、どれぐらい揺れているのかを見ます。

そして、その場に「有能な大物司会者」がいるのかどうかを見極めます。誰が、「空気」を決めているのか。そんな人はいないまま、みんなが「空気」に振り回されているだけなのか。実体のない「空気」なのか。これはとても大切なポイントです。

何度も書きますが、相手の正体が分からない時が一番怖いのです。幽霊の正体が分かれば、戦い方は見えてきます。その時、恐怖はずいぶん減るのです。

その時の戦い方は決まっています。

抜け出すことができない「差別的で排他的」な「世間」では、最少のエネルギーで、その「世間」と「空気」の逆鱗《げきりん》に触れないように振る舞うだけです。表面上は従順なメンバーを装《よそお》うのです。

それではあまりにも情けない、とあなたは言うでしょうか？　僕は、抜け出したい「世間」があるのに、それが無理なのは、ほとんどの場合、経済的な理由だと思っています。嫌な会社を辞められない、うんざりする故郷を捨てられない、真綿で首をしめられるような家庭を飛び出せない、大嫌いな学校を替われない。それらは、すべて、経済的な理由です。

ならば、最少のエネルギーで嫌な「世間」の攻撃をかわしながら、残したエネルギーでお金を稼ぐか、それが不可能なら、精神的に密かに脱出するのです。

インターネットやさまざまな情報から、あなたが本当に楽しめて、わくわくするような「共同体」を見つけ出しましょう。

それは、絵やテニスなどの趣味のサークルかもしれませんし、出会い系サイトの真面目な交際かもしれませんし、常連となる飲み屋を見つけることかもしれません。放課後、あなたを救ってくれる集団かもしれません。遊び仲間かもしれません。

高額のバイトや、次の仕事につながる情報が見つかればラッキーですが、そうでなければ、あなたを支えてくれる「共同体」を見つけるのです。

そのためには、あなたは「社会」と会話する言葉を徐々に身につけていく必要があります。

1970年代、日本人は、三菱重工爆破事件で道に倒れた「社会」に属する人にかける言葉を持ちませんでした。けれど、事態はずいぶん変わってきているはずです。「阪神・淡路大震災」以降、ボランティアに週末集まった多くの人は、「世間」を作る間もなく、「社会」に属する人たちと会話を始めました。

もし、あなたが自分自身、変わってないと思うのなら、相手は「社会」に属する人だという意識で会話を始めましょう。相手は、自分と同じ「世間」の人ではないけれど、「です、ます」調を使ってにこやかに会話するのです。

もちろん、その「社会」がいつのまにかあなたの次の「世間」になるかもしれません。あなたが、今の「世間」に絶望していればいるほど、あなたは次に出会った共同体にしがみつき、それが、いつのまにか「差別的で排他的」な次の「世間」になる可能性があります。

そうなった時、問題は二つあります。

ひとつは、そこで「差別的で排他的」な関係を作り上げたとしたら、あなたが嫌悪《けんお》し、飛び出そうとした「世間」で経験したことと同じことを繰り返してしまうことになるのではないか、ということです。

もうひとつは、そこまでの強力な「世間」をあなたは見つけ出すことができるだろうか、ということです。

福音派の人たちのような信仰をあなたは持つことができるのか。もし、出会ったとして、その「世間」はあなたを永遠に支えてくれるのだろうか、ということです。

高度成長期、「会社」は完全にサラリーマンを支えました。だからこそ、定年退職した後、脱け殻のようになったサラリーマンたちが続出したのです。

だからこそ、僕はあなたに複数の共同体に属することを勧めるのです。

不安ゆえに、ひとつの共同体にしがみつけば、それは「世間」となります。しがみつこうとする自分を叱るのではなく、不安ゆえに、たったひとつの共同体＝「世間」を必死で信じようと不毛な努力をするのでもなく、不安だからこそ、複数の共同体に所属して、自分の不安を軽くするのです。それは、相対化された「世間」と呼んでもいいし、「社会」

とつながっている「世間」とも言えるのです。

秋葉原の被告が、例えば、青森の県人会の集まりと「童貞コミュニティー」に入っていれば。そして、そこで出会った相手を「世間」の一員と思わず、「社会」の一員として認識して、充分な情報と共に「です、ます」スタイルで話し始めれば。

ずいぶん、状況は変わっていたのじゃないかと、僕は楽観するのです。

複数の共同体なら、自然とゆるやかな所属になるだろうと思います。たったひとつしかないからこそ、気がつくと「差別的で排他的」な関係が生まれるのです。

複数であれば、その共同体は、「所与性」のものでもなくなります。自分を支えるために、ゆるやかに所属する複数の共同体を選ぶのです。

それが、崩壊し、逆に力を増している「世間」の中で、窒息《ちっそく》せず生き延びるコツだと僕は思うのです。


もっとはっきり言えば、複数の「社会」でもいいとさえ思っています。

もし、複数の共同体を見つけられなければ、たくさんの「社会」の人たちと会話するだけでも、ずいぶん人間は救われると思っているのです。

それは例えば、週末にジョギングするたびにすれ違う相手との「こんにちは」という短い会話です。会社帰りにお弁当を買う時の「今日は早いですね」という一言です。いつもの通勤電車の見慣れた顔の微笑みです。

秋葉原の被告は、ナイフを買いに行った時、そこでの女性店員とのなにげない会話にひどく感激していました。一日にひとつ、そんな会話があるだけで、ずいぶんと人間は救われるのです。

何度挨拶しても、共同体のような関係が始まらなくても、そこに人間がいて、言葉を交わしている、ということだけで、人間は安心します。

ゆるやかな共同体＝「世間」よりも、さらに薄い関係の「社会」の人の一言でも、孤独は薄らぐのです。

そうやって「社会」とちゃんと会話を続けていくうちに、相対化された「世間」に変わっていくかもしれません。

ただし、それが、どんなに素敵な「共同体」に見えても、頼り切らないように。『孤独と不安のレッスン』に書きましたが、あなたが「孤独と不安」に揺れた時、支えてくれる人を二人持つことが大切なのです。

たった一人しかいないと、相手が忙しかったり、落ち込んだ時に、自分の不安をぶつけていては関係は壊れてしまいます。けれど、もう一人いたら、二人との関係は長続きします。一人の体調が悪い時、もう一人と話すことで、どちらにも過剰な負担をかけることを避けられるのです。

「共同体」に対する接し方は、この人間関係と同じです。たった一つの「共同体」に対して頼っているだけだったり、支えを求めているだけだったりしたら、いくらゆるやかに支えてもらおうと思っても、「共同体」の方からあなたを放り出すでしょう。

複数の「共同体」とゆるやかな関係を作りながら、あなたもまた、その「共同体」の人たちを支えるという気持ちを持つのです。

つらく楽しい旅

日本人の不幸は、アメリカのリベラル派の不幸よりもさらに先を進んでいます。

福音派のように神を無条件に信じられないだけではなく、リベラル派のように理性的にも神とは付き合えず、形而上学《けいじじょうがく》的な救いそのものを疑うようになったのです。

けれど、それは、やがて、リベラル派が通る道だと僕は思っています。実際、福音派が増える一方、欧米では日曜日に教会に行かない若者も増えてきました。

神が支えになりきれないという自覚を持つ若者が増えてきているのです。

でも、それは逆に言えば、自分を支えるものを自分で選ぶことができるという幸福な体験をする、初めての人類になるということです。

私たちは、自分を支えるものの脆弱《ぜいじゃく》さを知りながら、自分を支えようとするのです。そこで、人間は成熟するのです。

今まで、日本人にとって、大人とは、「世間」の智恵がある人のことでした。けれど、これからは、大人とは、「世間」と「社会」の振り子を積極的に楽しみながら生きていく人のことなのです。

人類の中で、日本人がまず率先して、この旅に出たのです。

それは、神を闇雲《やみくも》に信じる原理主義的な生き方ではない、もうひとつの生き方の可能性を探る旅です。

それは、なんとハードで楽しく、価値のある旅だろうと思うのです。

おわりに

この原稿を書いている真っ最中、「鹿児島県・奄美群島の公立中学校で男子生徒に頭髪の丸刈りを強制する校則は『生徒の人権侵害』だとして、同県弁護士会は、廃止を求める勧告書を、県教育委員会と群島の11市町村教委に送った」という記事が出ていました。

2009年の3月にこういう現実があることを「世間」の強さと見るか、それとも、弁護士という西欧からもたらされたシステムによる「社会」の粘《ねば》り強い抵抗と見るかは、人によって違うでしょう。

「丸刈り」を「伝統」と呼んで強制を続けるのは、「世間」の代表的な「神秘性」ですし、「丸刈りは中学生らしい」という言い方はじつは「長幼の序」ですし、「父親のわしも丸刈りだった」は、自分も子供たちも「共通の時間意識」の中で生きていると思っている証拠ですし、「長髪では不潔になる」は単なる屁理屈《へりくつ》で、そういう屁理屈が成立するのは、やはり、「世間」が「神秘性」を根本に持つからです。

この人権侵害の勧告の始まりは、中学生になる子供の親が何人か、弁護士に人権救済の申し立てをしたことだそうです。

メディアの急激な発達は、どんな田舎（失礼！）にも、「社会」の風を吹かせるのです。そして、「社会」の中から、「丸刈り」には意味がないと考える「世間」が立ち上がる可能性もあるのです。

インターネットの「世間」の暴力も、また、実体が見えないだけに過剰に人々は怯《おび》えていると僕は思っています。

もちろん、ネット上に実名や顔写真をさらされるのは、胸がつぶれるほど苦しいことです。かつての「世間」なら、〝人の噂も七十五日〟。大きな声はやがてひそひそ話となり、だんだんと遠ざかったものです。

けれど、ネット上の「世間」の攻撃は、デジタル化したデータによって、永遠に残されるのです。一度、ネット上に流出すれば、永遠にこの世界に残ってしまうのです。

それでも、そのネット上で騒いでいる人たちは、「自分と利害関係のある人々」でも「将来利害関係をもつであろう人々」でもありません。

ただ、攻撃することで、自分が伝統的な「世間」に所属したいと思っている人たちなのです。つまりは、次のターゲットを探している人たちなのです。データは永遠に残りますが、攻撃する人たちの関心は、75日どころか、何もなければ75時間ほどで次に行くのです。

壊れかけた「世間」の力を、幽霊のように大きく見ては損だと僕は思っています。激しい力を持っているにしても、それは、かつての「世間」とは違うんだと、相手を見極める必要があると思っているのです。

そして、「世間」は壊れていると書き、言い続けることで、本当に「世間」の力は弱まっていくだろうと思っているのです。

この本は、いじめに苦しんでいる中学生にまで届いて欲しいと思って書きました。ところどころ、大人には簡単過ぎると感じられる描写があったとしたらそのせいです。

けれど、同時にせめて高校生が読み通せる内容であって欲しいとも思っています。

あなたが大人で、この国の息苦しさに苦しむ子供たちと出会ったら、そして、この本に書いてあることにあなたが共感してくれたなら、どうか、子供たちにも分かりやすい言葉でこの本の内容を伝えて欲しいと願っています。

「差別的で排他的」な「世間」から弾き飛ばされないように、一日何十通ものメールを交換する必要なんかないんだと、「順番に来るいじめ」に怯えている少女に伝えて欲しいと思うのです。

講談社現代新書　2006
「空気《くうき》」と「世間《せけん》」
二〇〇九年七月二〇日第一刷発行　二〇二四年一一月五日第二〇刷発行
著　者　鴻上尚史《こうかみしょうじ》　©Kokami Shoji 2009
発行者　篠木和久
発行所　株式会社講談社
東京都文京区音羽二丁目一二―二一　郵便番号一一二―八〇〇一
電　話　〇三―五三九五―三五二一　編集（現代新書）
〇三―五三九五―四四一五　販売
〇三―五三九五―三六一五　業務
装幀者　中島英樹
印刷所　株式会社ＫＰＳプロダクツ
製本所　株式会社ＫＰＳプロダクツ
定価はカバーに表示してあります　Printed in Japan

N.D.C.361　254p　18cm
ISBN978-4-06-288006-0

「講談社現代新書」の刊行にあたって

教養は万人が身をもって養い創造すべきものであって、一部の専門家の占有物として、ただ一方的に人々の手もとに配布され伝達されうるものではありません。

しかし、不幸にしてわが国の現状では、教養の重要な養いとなるべき書物は、ほとんど講壇からの天下りや単なる解説に終始し、知識技術を真剣に希求する青少年・学生・一般民衆の根本的な疑問や興味は、けっして十分に答えられ、解きほぐされ、手引きされることがありません。万人の内奥から発した真正の教養への芽ばえが、こうして放置され、むなしく滅びさる運命にゆだねられているのです。

このことは、中・高校だけで教育をおわる人々の成長をはばんでいるだけでなく、大学に進んだり、インテリと目されたりする人々の精神力の健康さえもむしばみ、わが国の文化の実質をまことに脆弱なものにしています。単なる博識以上の根強い思索力・判断力、および確かな技術にささえられた教養を必要とする日本の将来にとって、これは真剣に憂慮されなければならない事態であるといわなければなりません。

わたしたちの「講談社現代新書」は、この事態の克服を意図して計画されたものです。これによってわたしたちは、講壇からの天下りでもなく、単なる解説書でもない、もっぱら万人の魂に生ずる初発的かつ根本的な問題をとらえ、掘り起こし、手引きし、しかも最新の知識への展望を万人に確立させる書物を、新しく世の中に送り出したいと念願しています。

わたしたちは、創業以来民衆を対象とする啓蒙の仕事に専心してきた講談社にとって、これこそもっともふさわしい課題であり、伝統ある出版社としての義務でもあると考えているのです。

一九六四年四月　野間省一